致后代
布莱希特诗选

To Those Born Later
Selected Poems of Bertolt Brecht

[德] 贝托尔特·布莱希特 著

黄灿然 译

雅众文化 出品

目 录

译者序 I

早期诗和早期城市诗（1913—1925）
- 27 燃烧的树
- 29 妓女伊芙林·罗传奇
- 34 奥尔格的愿望清单
- 36 关于地狱里的罪人
- 39 冒险家谣
- 41 路西法的黄昏之歌
- 43 伟人巴尔的赞美诗
- 46 巴尔之歌
- 47 奥尔格之歌
- 49 奥尔格对有人送他一根涂肥皂的绞索的回答
- 51 关于弗兰索瓦·维庸
- 53 关于科尔特斯的部下
- 56 关于爬树
- 57 关于在湖里河里游泳
- 59 回忆玛丽·安
- 61 春天赞美诗
- 62 上帝的黄昏之歌

63　关于一个甜心之歌

65　关于我母亲的歌

67　关于赫

69　关于那个女人的歌

71　献给母亲

72　骑着游乐场的木马

74　任何男人的秘密之歌

77　德国，你这苍白的金发人

79　生不逢辰

80　因为我非常清楚

81　汉娜·卡什之歌

85　感恩节的大赞美诗

87　赞美诗

89　第四赞美诗

91　我曾经想

92　叠内衣裤的失贞清白者之歌

96　我并非总是没有

98　关于他难免一死

100　关于杀婴犯玛丽·法拉尔

105　老妇人谣

107　早上致一棵叫绿的树

109　鱼王

112　黑色星期六复活节前夕最后时刻
　　　之歌

114 马利亚
116 呼吸的礼拜仪式

城市诗（1925—1929）

125 关于可怜的贝·布
128 我听见
129 母牛吃饲料
130 拜姆伦大妈
131 关于大自然的殷勤
133 我不是在说亚历山大的任何坏话
134 给迈克的煤
136 给高层人物的指导
138 在车站离开你的朋友
140 我知道我需要什么
142 当我跟你说话
143 有那么一些人
144 了解
146 芭芭拉之歌
149 好生活谣
151 人类保持活力全赖其兽性行为
153 不道德收入谣
155 所罗门之歌
157 人类行为不够格之歌

159 不公正
160 相爱者
162 一切新事物都好过旧事物
164 下坡路

危机时期(1929—1933)

169 但即使在我们下面
170 给女演员卡罗拉·内尔的建议
171 当你离开世界
172 一张过夜的床
174 学习赞
176 补丁和外衣之歌
178 在人类所有劳动成果中
180 创造耐久作品的愿望并非总是
　　值得欢迎
182 赞成世界谣
190 我长期寻找真理
192 女演员
193 我不需要墓碑
194 德国
197 我做富人的时候
199 读《我做富人的时候》有感

流亡初期（1934—1938）

203 临终的诗人致年轻人

206 买橙子

207 李树

208 金钱振奋人心的影响之歌

211 人类的手工再一次坍塌

213 当做坏事像下雨

214 在我逃亡的第二年

215 恩培多克勒的鞋子

219 学习者

221 乘客

222 剧作家之歌

226 为什么要提到我的名字？

228 经典著作的思想

230 探访被流放的诗人们

232 怀疑者

234 奥格斯堡

235 每年九月

236 坐在舒适的汽车里旅行

237 告别

238 引语

239 被圈定在行之有效的关系网里

240 油漆工谈论未来

241 那些把肉从桌上拿走的人

242 在墙上用粉笔写着
243 行军的时候很多人并不知道
244 将军，你的坦克很强大
245 焚书
246 政权的焦虑
249 关于流亡多久的想法
251 避难所
252 1938年春天
253 樱桃贼
254 关于船难幸存者的报告
256 论爱的腐烂
258 农夫对牛说
259 以痛快的理由被驱逐
262 致后代

最黑暗的时代（1938—1941）

269 题词
270 伟大的巴别分娩
271 世界唯一的希望
273 腋杖
274 玛丽，玛丽坐下来
275 坏时代的情歌
276 谨慎的后果

277 十四行诗之十九
278 诗歌的坏时代
280 有那样一些无思想者
281 大胆妈妈之歌
284 论轻松
285 开始的欢乐
286 关于好人的歌
289 影响前一刻
290 燃烧而依然完整
291 座右铭
292 此刻我住在
293 小儿子问我
294 逃离我的同胞们
295 我们现在是难民
296 这是人们会说起的一年
297 致一台袖珍收音机
298 致丹麦的避难所
299 烟斗
300 芬兰风景
301 很早我就学会
302 为什么你如此讨厌?
303 别太绝情
304 到处看不胜看

美国时期（1941—1947）

309 关于难民瓦尔特·本雅明自杀

310 流亡风景

311 纪念我的合作者玛格丽特·斯蒂芬

312 想到地狱

314 鉴于本城的环境

316 沼泽

317 关于给花园喷洒

318 边读报纸边泡茶

319 黑暗的时代如今继续着

320 加州秋天

321 烟之歌

323 恶魔的面具

324 被七个国家逼走

325 民主法官

327 新时代

328 天使说话

329 西蒙娜之歌

330 钓具

331 报纸

332 柔风之歌

334 回家

335 我，幸存者

336 喜剧家卓别林的一部电影

337 劳顿的肚子
338 进行中的花园
342 出于对宽长裙的偏爱
343 听闻一个强大的政治家生病了
344 一切都在改变
345 穷人的运气
346 现在也分享我们的胜利
347 骄傲
348 战争被败坏了名声
349 可爱的餐叉
350 曾经
351 马雅可夫斯基的墓志铭
352 给演员查尔斯·劳顿的信,关于
　　《伽利略传》一剧的工作
353 美国版《伽利略传》序曲

后期诗(1947—1956)

357 安提戈涅
358 朋友
359 给海伦妮·魏格尔
360 一座新房子
361 给我的同胞们
363 某某讣闻

364 给予的快乐

365 当它是一个概念

366 论艺术的严肃

367 大师懂得买便宜货

368 情歌之二

369 情歌之四

370 很早便跌入虚空

371 关于一座中国狮雕

372 十月风暴的声音

373 座右铭

374 换轮胎

375 花园

376 解决

377 难受的早晨

378 大热天

379 烟

380 铁

381 冷杉

382 灌木丛中的独臂男人

383 八年前

384 边划,边谈

385 读贺拉斯

386 声响

387 今年夏天的天空

388 泥刀
389 缪斯们
390 读一位已故希腊诗人
391 只有稍纵即逝的一瞥
392 那枝小玫瑰,啊,该怎么定价?
393 乐趣
394 高兴地吃肉
395 废弃的温室
396 艰难时代
397 事物变化
398 当我在沙里特,在我的病房里
399 我总是想

译者序

不幸消息的通报者
——布莱希特及其诗歌

布莱希特是一位伟大戏剧家，更准确地说，是二十世纪最伟大的戏剧家，这是大家都知道的；但他像伟大小说家托马斯·哈代一样，首先是，以及更是一位伟大诗人，则是较少人知道的，但在文学界和诗歌界，却已是共识。诚如批评家乔治·斯坦纳所说的："在他的歌谣、爱情抒情诗、讽刺诗、模拟田园诗、说教诗和政治诗如今汇集起来之后，很明显，布莱希特是那种非常罕见的伟大诗人现象，对他来说诗歌几乎是一种日常探访和呼吸……毫无疑问本世纪上半叶两位伟大的德语诗人是里尔克和布莱希特。"批评家克利夫·詹姆斯有相近的看法，他说："对那些把艺术视为美妙的体育竞争的人来说，里尔克正与布莱希特争夺二十世纪最伟大德语诗人的头衔。对他们的标准看法是，布莱希特的诗歌艺术是奉献给社会革命的，而里尔克的诗歌艺术则是奉献给艺术的。"

布莱希特的伟大，是很晚近的事，因为他的诗全集直到1967年即他死后十余年才出版，总共有约一千首诗,其中只有一百七十多首诗是他生前出版过的,包括十多首戏剧中的歌。而所谓生前出版过的,还包括实际上没正式发行过的《斯文堡诗抄》。最新的三十卷本布莱希特作品集则显示,其诗歌占了五卷,总共超过两千三百首。当然,目光敏锐者例如 W. H. 奥登,仅凭布莱希特已出版的少数诗歌,尤其是他的早期诗,就把布莱希特列为影响他的十多位诗人之一。本雅明也很早就看出布莱希特的天才,他认为"布莱希特是本世纪最自如的诗人"。汉娜·阿伦特则说:"布莱希特毫无疑问是德国当今最伟大的诗人,以及可能是德国当今最伟大的戏剧家。他是唯一可以跟卡夫卡和布洛赫在德语文学里、乔伊斯在英语文学里和普鲁斯特在法语文学里比肩的诗人。"当约翰·威利特主编的第一部较大规模的布莱希特诗歌英译本在 1976 年出版时,奥登的好友、也是该诗集译者之一的斯蒂芬·斯彭德认为它是"本世纪重大的诗歌成就之一",翻译过布莱希特戏剧《三毛钱歌剧》的苏格兰大诗人麦克迪尔米德则称它为"一部最重要和难以估量的诗集"。

布莱希特不停地写诗,不停地搞戏剧活动,但对发表诗歌作品却颇为消极,甚至冷淡。1928 年,当小说家阿尔弗雷德·德布林邀请他做一次公开朗诵时,他拒绝了,理由是:"我的诗歌是反对我的戏剧写作活动的最有力理由,大家都会叹一口气说,我爹应让我去写诗而不是去蹚写戏的浑水"。他更重视他的戏剧活动，而把写诗当成非常私人的事。约翰·威利特说，也许布莱希特比除卡夫卡之外的任何大作家都更满足于认为自己更重大的成就应该保持隐而不露。

布莱希特 1898 年生于奥格斯堡，1927 年出版诗集《家庭祈祷书》，1933 年希特勒上台时流亡国外，最初辗转于北欧，然后于 1939 年流亡美国，1947 年才重返欧洲，1949 年回到民主德国，创办柏林剧团。他的诗亦可以粗略地分为早期、流亡期和后期，每一时期都产生很多好诗和杰作。早期代表作是诗集《家庭祈祷书》，流亡期代表作包括《斯文堡诗抄》，后期代表作包括组诗《布科哀歌》。他写了很多政治诗，其中有些非常出色，有些则是单调教条的。但也许更重要的是，他这种有政治倾向或社会关注倾向的诗人，在写其他领域和题材时，给这些领域和题材带来的新异性和别致性。

下面我打算对我多年来看过而又印象较深的关于布莱希特的评论，作一番梳理和综述，也许会有益于读者更好地理解布莱希特的诗歌。

德国学者卡尔·韦尔费尔在牛津大学出版社的《布莱希特诗选》（1965）导言中说，早在 1928 年，德国文学批评家库尔特·图霍尔斯基在评论布莱希特的惊世之作《家庭祈祷书》时就认为："在戏剧上，这个人有非同凡响的才能，而在诗歌上他不止于此。"

又说:"在我看来,他与戈特弗里德·贝恩是当今德国健在的最伟大的抒情天才。"

韦尔费尔拿布莱希特的诗歌与一般被认为是二十世纪伟大的抒情天才的德语现代诗人例如里尔克、特拉克尔、贝恩等做比较:"我们立即便发现当我们读布莱希特,我们就进入一个全然不同的世界,不仅是程度上的不同,而且是本质上的不同。"他比较了布莱希特与贝恩的异同。贝恩宣称,他的文章和诗,对人具有一种挑衅的效果。在这挑衅面前,他创造艺术、写诗;诗是他对生死问题的回答;诗是人类心灵最高贵的产物;在诗中他建立他自己的存在,对抗自然的事物,超越它们。布莱希特在诗中似乎也表达了某种类似的东西。但是他们之间存在着根本性的差别,因为布莱希特完全没有作为贝恩著作之特征的那种艺术的形而上学。与贝恩那种在理智上把心灵与自然分离的做法不同,布莱希特从一开始就是一个唯物主义者,把人看作自然的一部分,因此他把诗歌视为某种与大地上其他事物一样自然的东西。布莱希特诗中的人,用一种与杀死他们的自然力一样不带感情的方式歌唱。如同他们的歌唱一样,写诗对布莱希特来说是一种即兴、自发、几乎是生理学的行为,如同吃饭、喝酒、抽烟和做爱。

韦尔费尔还说,布莱希特与其他德语现代诗人的不同,使他想起艾略特1941年为其编辑的《吉卜林诗选》所写的导言中的一席话。艾略特说:"我从未见过一位具备如此伟大天赋的作家,对他来说诗歌似乎更多是一种纯粹的工具。我们大多数人都对形式本身感兴趣……因为我们都把目标集中于某种首先应当是的东西……对吉卜林来说,一首诗却是某种意在行动的东西。"艾略特还把吉卜林拿来与德莱顿比较,认为"对两人来说,智慧具有压倒灵感的优越性;两人都更关注他们周围的世界而不是他们自己的悲欢,更关注他们自己的感觉与其他人的感觉的相似性,而不是关注他们自己的感觉的独特性。"韦尔费尔认为,艾略特这席话可以用来说明布莱希特的诗歌与其他诗人的抒情作品的不同。"从一开始,布莱希特的诗歌就完全没有成为大部分现代诗之特点的那种艰深的私密性,没有抒情的自我在诗歌灵感的孤独中发出内心独白。"事实上布莱希特1927年就在一篇文章中谈到,人们普遍倾向于高估"纯粹、抒情的产品"。韦尔费尔还提到艾略特对吉卜林的描述,也很适用于形容布莱希特诗歌的其他特色:绝无隐晦、极度明晰、主题性、应景性、政治关联。在句法结构上,布莱希特保持在正常德语语法用法的范围内,尽管他是以一种高度原创性和真正地艺术性的方式保持这种正常的。

在韦尔费尔看来,布莱希特的诗歌构成与吉卜林的诗歌构成的相似性还不止于此。例如吉卜林深受钦定本《圣经》影响,布莱希特则深受路德译的《圣经》影响。艾略特把吉卜林称为"非个性"的作者,并指出他具有一种特殊才能,就是写"各类极其客观的诗歌",例如赞美诗和铭文,这类诗歌形式"可以也应该充满强烈感情,但必须是一种完全可以分享的感情"。布莱希特也正是如此。他写歌谣、赞美诗、铭文、讽刺诗、说教诗、隽语诗。他喜欢以"非个性"的方式说话,抒情的自我完全消失在诗的题材背后。韦尔费尔说:"他的诗以词语和节奏对二十世纪的人类状况的经验作出生动的反应。它们追踪我们当下生活的样式,描绘一个世界的画面,而这个世界又是我们能够在不脱离现实的情况下共同分享的。"

布莱希特诗歌的政治倾向性也是他与其他德国现代诗人不同的一个因素。批评家托尼·戴维斯在收录于罗纳德·斯佩尔斯主编的论文集《布莱希特的政治流亡诗》(2000)里的论文《力量和清晰:布莱希特、奥登与"真正的民主风格"》中说,避谈政治并非仅限于德国或英国。叶芝曾在《政治》一诗中断言私人、创新和情欲远比政治重要,以此回应托马斯·曼的一个说法。托马斯·曼说:"在我们的时代,人的命运是以政治方式来表述其意义的。"但当时托马斯·曼恰恰是自称"非政治"的。托马斯·曼在1918年说:"'人性'是以一种人道方式思考和观察,任何人若不同意'人性'是明显意味着一切政治的反面,在我看来似乎是不可能的。以人道方式思考和反省意味着以一种非政治的方式思考和反省。"戴维斯说,这种反政治的人文主义在德国文学中有多根深蒂固，可从奥尔巴赫对歌德厌恶其时代的革命运动所带来的历史后果的省思中看到。奥尔巴赫认为，歌德"从未有力地表现当代社会生活的现实"，并说歌德在被迫对他的时代的公共生活发表评论时"总是以泛泛的省思来谈，而这些省思几乎总是价值判断，并且主要是不信任和不同意"。戴维斯认为，这种否定政治的姿态在英国浪漫派及其继承人那里获得一种特殊的紧迫性，而对他们来说，马修·阿诺德对个人的圣化具有权威的代表性。

H. R. 海斯在其1947年版的英译本《布莱希特诗选》导言《布莱希特，反个人主义者》中说："二三十年代的美国诗人总的来说是非政治的。哪怕当他们尝试做社会批评的时候，他们也依然在巴黎知识分子创造的传统中运作。这类社会批评大多数以个人抑郁、对丑恶和标准化的不满或较晚近的无政府主义绝望的面目出现。这种类型的抗议在本质上也是个人主义的。它源自于艺术家作为精英分子，作为敏感性、好品味和诚实看待人生的维护者这一理念。尽管有一些小小的反弹，但是个人主义基本上是近期美国诗歌的典型特征，并且可以说，我们从来没有一个政治诗歌流派。布莱希特是德国文学中具有巨大影响力的人物，他成了反个人主义的使徒……在笔者看来，他几乎是当今仍在写作的唯一的社会诗人，唯一其形式与题材一致的社会诗人，唯一名符其实的政治诗人。"

布莱希特在英语世界的重要推介者埃立克·本特利在其英译本《家庭祈祷书》导言中说，这部诗集是所有现代诗集中最佳诗集之一，但它却未能得到更普遍的承认。除了上面提到的布莱希特不屑于推广自己的诗之外，本特利认为存在着两个不愿承认它的成就的文学建制。"一个是保守派建制，这个保守派建制只愿在当代德国诗人中承认其战友戈特弗雷德·贝恩。"本特利顺带提到，艾略特喜欢引述贝恩，但当本特利把布莱希特的杰作《三毛钱歌剧》寄给费伯出版社时，艾略特看了，但拒绝出版它。"另一个是共产党建制，它欣赏布莱希特是因为他与共产党自己的约翰内斯·贝希尔（民主德国诗人和剧作家）有某些共通点，不过贝希尔的诗歌会在共产党政府任何停止出版它的时候销声匿迹。"

托尼·戴维斯说，虽然布莱希特的诗歌有着令人瞩目的原创性，但它没有"日日新"的现代主义者们那种有计划的实验主义和意识形态上的末世论；事实上，它似乎依附颇多传统形式——歌谣、赞美诗、情诗、哀歌——以及依附一种与读者的沟通，所有这一切对高调现代主义者来说都是陌生的。"布莱希特的写作与浪漫派的经验诗和情绪诗，以及与格奥尔格、贝恩和特拉克尔的象征主义和高调现代主义都有着一种摩擦性的批判关系。可以说，在英译本里，成熟期的布莱希特诗歌要求读者用一种全然不同于阅读艾略特、庞德或叶芝的诗歌，或就此而言里尔克、瓦莱里或蒙塔莱的诗歌的态度和注意力来阅读：这是一种更积极地对话的态度，对反讽和省略手法所包含的捉摸不定的泛音保持警惕，但同时又更平易近人。在那个时期（或任何时期）的英国，只有一个可比较的人物，这就是奥登。常常被拿来与布莱希特联系在一起的奥登，同样是孤独和破格的，远离艾略特式或燕卜荪式的现代主义，以及远离狄伦·托马斯和乔治·贝克的新浪漫主义，拒绝担当圣人和远见者、博学者和预言家的角色。"奥登的遗产执行人和权威研究者爱德华·曼德尔森则"私下猜测"："布莱希特和奥登骨子里是非常相像的。"

戴维斯认为，使布莱希特与奥登联系起来的，并不是友谊甚或合作，而是他们都互相承认抒情诗的技艺和特质，用一种"颠覆性的、平民的角度看待事物"，以及彼此都"专注于写作与政治之间的调和，专注于一种真正的政治诗歌而不只是修辞上的政治诗歌"。

布莱希特本人在谈到他的早期作品时曾说："当时我的政治知识是丢脸地可怜的；但我意识到社会生活中的巨大差异，而我觉得我的任务并不是去消除我强烈感到的这些不和谐和干扰。我在我的戏剧的事件中和在我的诗行中捕捉它们；而我这样做的时候，尚远远未意识到它们的真正特性和它们的原因。如同可以在这些文本中见到的，它并非仅仅是在形式方面'逆流而上'，不仅仅是对墨守成规的诗歌的顺滑和悦耳的抗议，而是永远试图把社交表现为某种矛盾、暴力和残忍的东西。"

以翻译荷尔德林闻名，也翻译过布莱希特一些诗的戴维·康斯坦丁，在收录于《恩培多克勒的鞋子：布莱希特诗歌论集》里的一篇题为《政治诗人》的短文中，较中肯和全面地评价布莱希特的诗歌及其政治倾向，尽管他在文中很奇怪地贬低格奥尔格和里尔克。他说："诗歌可以来自和表达任何一种人类生活和任何人类生活脉络。相应地，诗歌语言也必须自由地塑造自己。这似乎是不证自明的，但是诗歌题材和语言却往往受到诸多限制。有些题材，有些措词，被认为是没有诗意的。另一些——而这种误解同样恶劣——则被认为在本质上是诗意的。布莱希特，一位伟大戏剧家和一位甚至还要更伟大的诗人，决心在这两种体裁中直面他生活其中的现实。那是什么样的现实？第一次世界大战、德国革命及其血腥镇压、卡普政变、超级通胀、魏玛、华尔街股灾、大萧条、希特勒、流亡、第二次世界大战、民主德国、1953年遭苏联坦克镇压的柏林起义。诸如此类。他作为作家、个人主义者和享乐主义者生活在其中。因此他的诗学是综合性的。他曾遗憾地形容说，歌德之后德国诗歌分裂成两大阵营：主教式的和渎神的。主教式诗歌在其令人厌恶的主要阐释者格奥尔格和里尔克身上，显然十分不愿意也无能力去正视二十世纪真实生活中的种种剧烈落差。但布莱希特并非简单地选择渎神。在渎神阵营，诗歌同样退化，即是说,愈来愈不合时宜。相反,布莱希特寻求并获得他认为是已丧失的东西:诗学语言美丽而矛盾的统一。即是说,他恢复德国诗歌无所不说的能力;混合不同语言不同音调的能力;在不同刻度中变动的能力,如果合适,会在同一首诗中做到,从最高到最低。因为真实生活正是如此:种种落差的连贯性,种种矛盾共存的可能性。"

康斯坦丁总结说,布莱希特在三个方面尤其是当代诗人的好榜样:"首先,因为他向你证明,现代性——其事实和语言,你在其中的真实生活——是你的素材和责任。其次,因为他向你证明,古老形式——十四行诗、格言、哀歌、赞美诗、圣歌、素体诗、六音步诗——在诗歌技艺中仍可以使用,且你必须去充分发挥,其不可或缺就如同你自己发明的新形式。第三,因为他明白,并且如果你研究他你也会明白:在为一种人性的政治而奋斗时,抒情诗的种种责任和手段是十分独特的,它们必须引起作家和读者的注意。他在作为诗人的实践中知道,诗本身在其总体效果中,在其节奏中、在其语言运用中、其诉求的变换中,必须抓住我们所处的生存的种种矛盾……"

关于布莱希特诗歌中的政治和社会关注,以及他最终走向共产主义对他的诗歌的影响,丹尼尔·魏斯博尔特为其主编的诗选《幸存的诗歌》所写的布莱希特简介,有颇为扼要的概括。他说,布莱希特把其早期诗集《家庭祈祷书》形容为"旨在供朋友们实际使用",这已经暗示一种反叛,反叛传统诗观,这种传统诗观认为诗歌是某种远离或高于一般人类问题的东西,而不是人类问题的有机部分。另一方面,这也可被视同时敞开了通向宣传性和教育性的功利主义之门,在原则上离后来的社会主义现实主义的官方文化意识形态已经不远。"但在实践中,布莱希特基本上能够做到保持客观,而不是简单地紧跟党的路线,而这无疑得益于他巨大的国际影响力。虽然在一定程度上他的诗歌是一种公共诗歌,但是它相对地不受众多所谓的政治介入诗歌那种虚张声势的性质的约束。布莱希特长期以来对去除诗歌神秘性的关注,使他得以抵制教条的最乏味效应。头脑清醒从未抛弃他,尽管他直到最后也对东欧的社会主义前景保持某种乐观主义,这种乐观主义使得他在东欧以及西方毁誉参半,尤其是在四十年代和五十年代初的冷战气氛中。也许这种清醒,正是他留给他的战后继承者们最有用的遗产。"

赖因霍尔德·格林在其主编的"德国文库"丛书《布莱希特诗文选》导言《布莱希特———一位现代经典作家?》中说,鉴于布莱希特戏剧的国际性影响,其在现代文学中的地位,他当然是"一位总体戏剧理论和实践的完美大师,同时也是一种现代戏剧和剧场的经典(如今几乎已经是正典)形式的创造者:也即其带有间离效果的、非亚里士多德意义上的、史诗的剧场。"他接着说："至于在德国文学这一较狭窄范围内，尤其是在德国诗歌范围内，布莱希特必须被誉为他所称的'带有不规则韵式的无韵抒情诗'的传播者和难以逾越的大师——这种现代诗如今早已变成了当代德语诗歌极其重要、无所不包的典范。更有甚者，布莱希特必须与歌德、海涅、尼采一道，被视为德语诗歌语言最伟大的发明者和/或翻新者之一，该诗歌语言如同那些重要先行者一样，源自马丁·路德译的《圣经》，路德译本乃是当今整体德语的源头。在我看来，毫无疑问，贝托尔特·布莱希特是，并且仍将是一位真正的现代经典作家；如同数百年来但丁一直是一位真正的中世纪经典作家。"

著名德语文学翻译家迈克尔·汉布格尔在收录于其论文集《第二次洪水之后》(1986)里的精彩论文《朝向古典主义：布莱希特及其后继者》中认为："在他那代人的所有德语作家中，只有布莱希特把自己树立为一位'经典作家'，并且不仅在他自己的德语中——跨越种种政治分歧——而且是在国际上。这个经典地位绝非偶然；布莱希特的所有作品都指向一个目标，就是使一种新古典主义成为可能，以及把想象性的写作社会化和政治化，使得它逆转了自卢梭和浪漫主义初始以来的种种历史倾向。"他认为，布莱希特能够做到在私人关注与公共关注之间取得一种古典式的平衡。他补充说："布莱希特的精湛是通过可想象的最严厉的准则达致的，也即使诗歌的表达功能屈从于首先考虑诗歌对他人的用途和与他人的相关性。为了达到这点，布莱希特求助于楷模。"这里所称的楷模，是指经典作家，"包括古典诗人例如贺拉斯、中世纪诗人例如维庸、现代诗人例如兰波和吉卜林，以及各式各样的通俗抒情诗和民谣。布莱希特的后期诗还得益于中国和日本楷模作家的榜样和准则，以及他自己指出的他一切作品的最重要楷模——路德译的《圣经》。"顺便补充一下，布莱希特的戏剧理论受中国戏剧的影响，是人所共知的，但他也通过阿瑟·韦利的英译本，接受中国古典诗歌的影响，他的中后期诗尤其明显。他还两次从韦利的英译本转译了一些中国诗，在谈到其中一位诗人时说："用简单的词语写，但写得极其小心。"这也可以说是他自己的中后期诗的特点。

另一位著名的德语文学翻译家迈克尔·霍夫曼在其主编的《费伯版二十世纪德语诗歌》导言中认为："可以说，布莱希特把诗歌带进了二十世纪。他甚至可能是二十世纪诗歌最关键性的人物：如果由我来推举，我肯定推举他。"他说，他这个看法是受到丹尼尔·魏斯博尔特编选的《幸存的诗歌》的启发。魏斯博尔特与英国诗人特德·休斯联合主编的《现代译诗》杂志，不仅影响深远，而且眼光独到。他主编的《幸存的诗歌：战后中欧和东欧诗歌》是一本质量上乘、精挑细选的现代诗选。这是一部覆盖第二次世界大战、大屠杀、离散和极权主义淫威下欧洲的分裂的诗选,以布莱希特开篇。霍夫曼说:"我觉得,如果没有布莱希特,还会有那种作为社会政治现实中一股活生生的力量的诗歌吗?如果没有布莱希特,那种异见、恐惧、抗议、责斥和快乐的诗歌从何开始?……他的榜样已使诗歌在世界任何地方都变得更有可能。如果我是亚洲或非洲或拉丁美洲的一位诗人,他将是我会去亲近的唯一的'旧世界'诗人。他不大可能地综合了吉卜林、兰波、韦利、《圣经》和贺拉斯,创造了某种彻底、激进的新东西。"

汤姆·库恩在《恩培多克勒的鞋子:布莱希特诗歌论集》导言中说:"布莱希特诗歌大部分是政治性的,而在欧洲诸传统中,政治性常常被视为与抒情诗格格不入……虽然布莱希特没有像超现实主义者或达达主义者或二十世纪六十年代的'具体诗'那样的实验性,但是他发现了诗歌的新题材,以及新的言说方式……他几乎无所不写,以及以几乎所有诗歌形式写。他写莎士比亚式的五音步诗和押韵的对句、四音步抑扬体、古典六音步诗、紧密押韵的歌曲和松散押韵的叙事诗,还写了大量属于他个人特色的带有不规则韵式的无韵抒情。他写十四行诗和歌谣和颂诗。他写长篇叙事诗和哲理诗,写格言诗和精雕细琢的四行诗。他甚至写散文诗。他写童诗和字母诗、进行曲和政治歌、涂鸦诗和箴言诗、各种变体的情诗、哀歌和赞美诗……他无所不写,其程度是惊人的,是自歌德以来没有任何德语诗人(也许没有任何语言的诗人)可以匹比的。"

卡伦·利德在收录于《恩培多克勒的鞋子:布莱希特诗歌论集》的文章《布莱希特之后》中认为,布莱希特的《致后代》一诗在后来的作家的作品中享受了一种极其不寻常的"来生",有一群"也许在德语文学中无人可以与之匹比的后代",因为"几乎从它被写出来到现在,在布莱希特诞生一百年之后,很多重要德语诗人都感到有必要用这首诗来衡量他们自己和他们的时代。"利德说,布莱希特一开始就使自己与流浪汉式的局外人维庸的"尘世"诗歌为伴,而不是与他所见的德语传统中的放纵和深奥为伍。"他的语言反映了这种选择。几乎从一开始,他就避开感伤和情绪暴露,致力于一种简朴和不带感情的措辞,一种接近于正常口语风格的句法结构,以及一种基本的词汇……他试图建立一种粗鲁的'反传统',对抗德语诗歌的核心发展模式,该发展模式被迈克尔·汉布格尔概括为'美学自足'。此外,他使自己站在十九世纪和二十世纪初的诗歌主流模式之外,该模式也与'现代诗'建立了联系。"他进而提到,胡戈·弗里德里希1956年出版的《现代诗歌的结构》提出了一条现代诗的发展轨迹,从波德莱尔、兰波、马拉美、贝恩、特拉克尔、艾略特、庞德,一直到翁加里蒂和蒙塔莱。对弗里德里希来说,现代的特点是非理性的、痴迷的想象力,诗人既是技工又是魔术师,诗歌本身则是密封的和独白的。利德说:"不用说,布莱希特的诗歌远离这个模式。布莱希特决定性地否定诗人的经验与作品之间有直接而亲密的关系这一理念,同时在根本上坚持一种沟通姿态,而这种姿态对高调现代主义诗学来说是闻所未闻的。"关于布莱希特诗歌的政治倾向,利德认为,布莱希特致力于创造一种全新的政治诗歌:"真正地,而不是仅仅在修辞上参与生活与语言之间的互相作用。"

迈克尔·汉布格尔认为:"布莱希特的诗歌是他最经久耐读和可作楷模的成就,而布莱希特的后期诗歌则又要比他的早期诗歌更经久耐读和可作楷模,尽管早期诗歌才华洋溢和强劲有力。"他顺便对欧美诗歌做了一次我觉得特别有价值的扼要梳理:"在约两百年间,欧洲和美国诗歌的进程乃是朝向自治。诗人愈是'高级',其语言就愈是不同于论述、阐释和交谈的语言。不仅格律、韵脚和隐喻——仍被德莱顿视为'装饰'——起到了把诗歌从那些散文的沟通媒介中分离出来的作用;更重要的是,诗歌的句法结构本身已经演进到了这样的程度,以致意义的含混和多重性被视为诗歌言说的一个突出而基本的特征。诗歌作者和评注者假定诗歌语言不同于任何其他语言。真正的诗歌远远不只是思想、感情或主张的良好或可记忆的载体,可被其他媒介传递,而是既是言说的载体又是言说的实质;不是表达事物的另一种方式,而是表达事物的唯一方式,它不能以任何其他语言表达,除了以诗歌语言。"

汉布格尔说,非专家继续抱怨现代诗的特殊困难或晦涩。专家继续享受它,认可阿奇博尔德·麦克利什关于"一首诗不应有意思而应就是"的名言,同时用厚厚的著作和长长的文章分析困难的诗及其不确定和多重的意义。"在有中产阶级背景和教养的老练的诗人中,布莱希特实际上单枪匹马写作大量且多样的诗歌作品,它们明显要传达一个单一的意思,以一种其直白和不拐弯抹角就如同最好的散文那样的语言来写。(布莱希特如果喜欢,也能够写得很不一样,这可见于他的早期诗例如《赞美诗》。)布莱希特颇为深思熟虑地给自己定下一个目标,就是逆转二百年来的诗歌发展。鉴于诗歌的美学自足的信仰者们都觉得难以否认布莱希特是一位现代诗人和好诗人(尽管他的理论和实际都与他们的基本信条相悖),因此他们大多数很审慎,不敢轻易忽略布莱希特的诗歌。"

他说:"不管我们把布莱希特的诗歌成就视为一场革命或一场反革命,它本身都不只是瞩目的,而且与第二次世界大战之后的诗歌的幸存是不可分割的,至少在世界那些其美学自足诗歌的根基已被道德剧变、社会剧变和政治剧变摧毁的国家和地区而言是如此。如果按照浪漫主义-象征主义标准来看,布莱希特的后期诗是某种反诗歌或政治诗歌的话,那么可以说，没有其他诗歌可以经受得起那些曾经目睹欧洲文明被夷为一堆瓦砾的人的反诗歌的愤怒。正是布莱希特对这场危机的预期，促使他早在危机之前就对诗歌语言进行他所称的'清洗'；而被他从诗歌中'清洗'出去的，正是整个浪漫主义-象征主义时代及其美学自足的沉渣。"

汉布格尔认为，布莱希特的诗歌发展是与他的政治和社会关注紧密相连的，这导致他把浪漫主义-象征主义美学与被中产阶级和中产阶级个人主义主宰的一种秩序等同起来。"然而哪怕是在马克思主义诗人当中，布莱希特的激进主义也几乎是单枪匹马的，他以这种激进主义把历史洞见或社会洞见应用于诗歌实践。"

汉布格尔继续讨论布莱希特的后期诗，认为"在后期诗中，强悍已变成不只是一种姿态，这使得他也可以承认温柔与和善，如同他可以承认爱大自然，尽管他一向对爱大自然感到不安，怀疑这可能是中产阶级的自我陶醉、逃避主义和田园诗意的残余。更重要的是，在后期诗中，他已不再在乎他的形象，或在乎作为个体的他本人。虽然他无拘无束地利用自己的经验，甚至利用自己的梦境，并且毫不顾忌地使用第一人称，但他能够这样做，恰恰是因为他不是在写自传，而是使自己成为有用的材料，来省思人类动机和行为的复杂性……他的语言是任何人的语言，如果任何人可以把准确的词放在准确的位置上，可以不多不少说出他想说的话。布莱希特有能力如此持续地这样做，以这种后期风格写数以百计的诗，这无异于建立一门既现代又古典的艺术。读布莱希特后期诗的经验，类似于读贺拉斯——他是布莱希特晚年一再读的诗人——或擅写社会讽刺短诗的卡图卢斯，或任何不仅在其艺术中收放自如而且在其世界中来去自如的拉丁语诗人。"

他说，这并不意味着布莱希特毫不批判地接受他的世界，不管是在他定居共产党国家民主德国之前或之后，如同拉丁语诗人们不会毫不批评地接受他们的世界。这只意味着在布莱希特的后期诗中，个人关注和公共关注是不可分割的。被布莱希特称为《布科哀歌》的一系列短诗，是在布莱希特回到民主德国之后写的，但其主音调却是讽刺或扪心自问的不安。

汉布格尔说，虽然布莱希特的后期诗尤其是《布科哀歌》表面上简约，却经得起各种解读，尤其是考虑到它是在共产党的民主德国写的。他说："在数十年间，布莱希特已把自己的思想和感情政治化到这样的程度，以致他现在可以无拘无束地再次用第一人称写诗，而这第一人称不可能仅仅是自白的，仅仅是个人的，因为对他来说任何个人的东西都包括其对立面也即社会，以及每一个个人在社会中的部分。基于同样理由，所有这类诗都必须仍旧是说教诗——而这恰恰是凭借一种不言明的理解，也即必须从说教的角度来读他的诗。布莱希特已经学会利用他对自己的倾向和犹豫的观察，来达到他说教的目的。由于对他这个一直致力于确定个性的界限的人来说，自觉是某种不同于自省的东西，因此他现在可以假设诗中的自白必定是某种不同于自我表白的东西。他在很多后期诗中选择第一人称是有政治意味的，因为它起到了纠正对'集体''人民'的滥用的作用，成为一根敲打那些构成人民的个人的棍棒。"

但是，汉布格尔提醒说："在布莱希特很多后期诗中，这类一般的考虑并没有进入文本，而是留在字行间，在字行前或字行后。布莱希特的经典美学依赖某种与读者的共同一致，期待某个读者能够追溯一种不着痕迹的暗示的辩证法——恰如早期经典作品可以假设每个读者都能够领会到哪怕是对神话人物或历史人物典故的最微妙指涉。"

按韦尔费尔的看法，布莱希特早期诗以一种非理性观念来看待人生和世界；二十世纪二十年代末开始在他为一些戏剧和歌剧写的"歌曲"中赞美理性和向往社会主义理想；三十年代，他诗歌中有较明显的政治鄙视、愤慨、仇恨和好斗。到三十年代末，他的态度有一次较大的转变，尽管他并没有减少或隐藏他的政治承担。韦尔费尔说："在没有宣称拥有知识上的优越性的情况下，诗人在他的经验和他的学识的授权下，担当了朋友和合作者以及所有怀着良好愿望的人的忠告者和领路人。三十年代初的狂热的理性主义变成了一个更放松的世俗智慧,获得了温暖和人类同情心。甚至有些诗表达了对大自然的一种新的、即兴的享受,免除所有社会考虑和政治考虑,这些诗同时透露了一种压低的私密性,也即一个男人的温柔的私密性,这个男人已活得足够长,有足够的清晰意识,敢于说出他对别人的关心。"布莱希特较早地接触中国诗歌和戏剧,以及日本戏剧,他对远东文学的兴趣终于在他流亡丹麦期间结出成果。这是他后期诗歌最重要的影响源,其痕迹可在他后期诗的题材和形式结构中看出来。韦尔费尔说,阿瑟·韦利在其所译中国诗的导言中说的话,使人想起中国古典诗歌世界的精神与布莱希特后期诗歌世界的精神之间的契合。韦利说,中国诗歌的特色是讲理和率直的省思,而不是哲学上的精巧和猜想。中国诗人不是像欧洲诗人那样把自己置于受人喜爱的光中,把自己描绘成浪漫情人,而是把自己视为一位朋友,寻找同情和知识友伴。布莱希特的后期诗也有这个特点。

布莱希特后期的短诗尤令人瞩目。按韦尔费尔的说法,诗歌的沟通性得到最大发挥,但诗本身却极其精悍,词语极其简单。诗中的意象有时候具有象征意味,而这仅仅是布莱希特的后期诗与歌德晚年的格言诗有颇多暗合之处的其中一个例子。

在我看来,自客观、智慧、近于全知全能的歌德之后,德国诗歌基本上是朝着与歌德相反的方向走。

我曾在一篇笔记中提到:"歌德以后的诗人,都只能回避或抗拒歌德。歌德是理性的,所以,歌德以后的诗人,多数是非理性的。歌德的文字清晰,所以,歌德以后的诗人,多数是晦涩的。歌德是平和的,善于跟世界妥协,歌德以后的诗人,则多数是激进的,跟世界过不去。"像里尔克这样的诗人,则干脆回避歌德,直到年近四十时读到友人来信摘录的一首歌德诗的片断,才开始"逐渐和带着谨小慎微的态度,赞赏起歌德"。唯有布莱希特,在经过早期的非理性洗礼之后,逐渐和带着开放的态度,隔着好多个时代,对歌德的客观和智慧,尤其是说教诗和哲理诗,作出难得的回应。回想起奥登对布莱希特的喜爱,似乎并非偶然,因为奥登曾在一首诗中说过:

> 如果可能,我愿意做
> 一个大西洋的小歌德。

而如果让我从布莱希特浩瀚的诗歌中挑出一句话来概括布莱希特其诗、其人,我会选择他在《流亡风景》中对自己的形容:"不幸消息的通报者。"

黄灿然

早期诗和早期城市诗
(*1913—1925*)

燃烧的树

透过黄昏那模糊的红雾,
我们能看见赤焰像晕眩的尖柱
闷燃着刺向漆黑的天空。
在下面田野闷热的静止中
噼里啪啦地
燃烧着一棵树。

坚硬、惊慌的黑枝条
伸向高处,被起舞的红色
包围在喷射的火花里。
一波波巨大的火浪穿过浓雾。
可怕的枯叶疯狂地起舞,
欢腾、自由地,带着嘲笑
准备变成老躯干周围的灰烬。

然而,不动并大幅度地照亮夜空,
像历史中的某个战士,疲惫,死一样疲惫,
但在绝望中依然帝王般地
屹立着那棵燃烧的树。

接着它突然高高抬起熏黑的坚硬枝条，
一跃而把紫焰投向最顶端——
在漆黑的天空中直挺挺耸立了一会儿

然后那躯干，在红火花包围下
开始噼里啪啦倒下。

1913

妓女伊芙林·罗传奇

当春天来了,海水蓝了,
(她的心保持剧烈的跳动)
一个姑娘登上那艘最后的船,
她叫伊芙林·罗。

她穿一件忏悔衫,紧贴
她那非人间的洁白肌肤。
她没戴金器或饰物
除了披着那迷人的头发。

"啊,船长,带我去圣地,
我一定要去找耶稣基督。"
"我们会带你去,因为我们是愚人
而你是最可爱的女人。"

"愿上帝奖赏你。我只是个可怜的姑娘。
我的灵魂属于我主基督。"
"那么把你甜蜜的肉体给我们,可人儿,
你爱的主不会替你付钱,

因为他早就死了。"

他们在阳光和风中行驶,
他们都爱伊芙林·罗。
她一边吃他们的面包,喝他们的酒,
一边不停地流泪。

他们晚上跳舞。他们白天跳舞,
他们不管那舵。
伊芙林·罗是如此甜蜜和温柔:
他们硬过石头。

春天去了。夏天走了。
晚上她穿着破烂的鞋
在灰光中从这根桅杆跑到那根桅杆,
希望看到平静的海岸,
可怜的姑娘,可怜的伊芙林·罗。

她晚上跳舞。她白天跳舞,
她厌了,她倦了。
"啊,船长,我们什么时候
才能到达我主的圣城?"

船长躺在她怀中，
拥吻她，还放声大笑。
"要是有谁让我们到不了那里，
这人就是伊芙林·罗。"

她晚上跳舞。她白天跳舞。
她快累死了。
他们已厌倦了她，无论是船长
还是船上最小的少年。

她穿一袭丝绸服，紧贴
她那满是疮痂的粗皮肤，
在她有疤痕的前额周围
披着一团肮脏的乱发。

"我永远见不到你了，我主基督，
我的肉体太罪恶，见不得你。
你不会走向一个普通娼妓，
而我现在是一个坏女人。"

她在桅杆之间跑来跑去
好几个小时，心和脚都痛了，
直到某个黑夜，当没人看着她

她便去找那海岸。

那是寒冷的一月，
她在刺骨的海水里游了很久，
而要等到三月，甚至四月
树才开始吐芽。

她把自己葬送给黑浪，
它们把她洗得又白又净，
现在她将抵达圣城，
赶在船长之前。

春天，当她来到天堂门口
圣彼得把门关上。
"上帝对我说
他不要妓女伊芙林·罗。"

但是当她去到地狱门口
地狱的门也闩上。
魔鬼大喊："我可不要
那虔诚的伊芙林·罗。"

于是她在风中和星空中游荡，

不知道该去哪儿。
有一个晚上我看见她穿过旷野
跌跌撞撞。但她不停地走。
可怜的姑娘,可怜的伊芙林·罗。

1917

奥尔格的愿望清单

欢愉,要那无重的。
皮肤,要那未损的。

故事,要那不能理解的。
建议,要那必不可少的。

女孩,要那新的。
女人,要那不忠实的。

性高潮,要那不协调的。
敌意,要那有来有往的。

住所,要那暂时的。
告别,要那不兴高采烈的。

艺术,要那不可利用的。
教师,要那可忘记的。

快乐,要那偷偷摸摸的。

目标,要那非计划的。

敌人,要那巧妙的。
朋友,要那不世故的。

草地,要那翠绿的。
消息,要那报喜的。

元素,要那火的。
诸神,要那更高的。

打击,要那逆来顺受的。
季节,要那暴雨的。

生活,要那明晰的。
死亡,要那快速的。

1917

关于地狱里的罪人[1]

1

地狱里的罪人热得
要比你想象的难熬,
但如果有人为他们掉一滴泪
它就会在他们脸上流淌。

2

但那些烧得最猛烈的
都没有人为他们哭,
因此每逢假日他们便去哀求
某只淋巴眼的垂注。

3

但没有人看见他们哀求,
只有冷风穿过他们。
没有人看得见他们
除了穿过他们的阳光。

---

[1] 诗中人物都是布莱希特的朋友,他们都后于布莱希特逝世。——译注,本书注释如无特殊说明,均为译注。

4
米勒赖泽特走过来了,
他死在美国。
他的新娘不知道他的死讯,
没有给出一滴泪。

5
卡斯帕尔·涅赫尔走过来了,
在黑夜刚消逝的时候。
只有上帝才能解释为什么
没人为他掉一滴泪。

6
接着格奥尔格·普范泽特走来了。
不幸的全是这样一些人,
他们像他一样觉得
自己微不足道。

7
在医院里腐烂之后
我们的小朋友玛丽
没有被任何人哭过,
而她根本就不在乎。

8
而光中站着贝托尔特·布莱希特
在狗撒尿的石头旁,
没有谁为他掉泪,因为他们都以为
他就快上天堂。

9
此刻他正在地狱火里烧。
啊我的兄弟们,呜咽吧!
否则每逢星期天下午他会
永远站在那狗石旁。

1917

冒险家谣[1]

1

被太阳晒出病,被暴风雨鞭烂,
蓬乱的头发上戴着偷来的桂冠,
他忘记童年,但没忘记童年的白日梦,
忘记屋顶,但没忘记屋顶上的天空。

2

你们这些被踢出地狱和天堂的人,
你们这些遭痛苦摧残的杀人者,
为什么你们不留在母亲的子宫里,
那儿很安宁,而你们又睡得平静?

3

但现在就连他母亲也已忘记他,
他依然在苦艾酒般绿的海洋里探险,
嗤笑和咒骂,并时不时痛哭,
寻找那个有更美好生活的国度。

---

1 本诗来自戏剧《巴尔》。

4
在地狱里漫步,在天堂里被鞭打,
平静而逐渐憔悴的脸上露出苦笑,
他时不时梦想有一小片草地
和一小片蓝天,此外没有别的。

1917

路西法的黄昏之歌[1]

1

别让他们欺骗你,
回家想都别想。
一日已经将尽,
夜风令你发颤,
不会有什么明天。

2

别让他们误导你,
人生就这么一丁点儿。所以
一口把它吞下!一旦
你放弃它,你就再也
找不到东西来填肚子。

3

别让他们安慰你,
时间不多了。

---
1 本诗来自戏剧《马哈哥尼城的兴衰》。

让获救赎者去腐烂吧。
生命使看见者目眩：
它不会等待。

4
别让他们欺骗你
过难熬和匮乏的日子。
现在没有恐怖能接近你，
你会像任何生物那样死，
死后就什么也不是。

1917

伟人巴尔的赞美诗[1]

巴尔在子宫的白色内部成长时
天空已经很大很苍白很宁静,
赤裸、年轻、无穷地奇异,
如同巴尔出生时爱它的样子。

那个天空继续在欢乐和爱护中伴随他,
即使当巴尔睡着了,幸福而没感觉。
夜晚意味着紫色天空和喝醉的巴尔,
黎明:巴尔精神抖擞,天空杏仁般苍白。

因此穿过医院、大教堂、酒吧,
巴尔从容地疾走,并学会对什么都不在乎。
当巴尔累了,伙计们,巴尔可不会倒得很远:
巴尔会把他的整个天空拉下来遮盖。

在罪人们羞耻地成群结队的地方
巴尔赤裸躺着,摄取那宁静。
只有天空,但那是将长存的天空,

---

[1] 本诗来自戏剧《巴尔》。

用它的襁褓藏起他的赤裸。

而那淫荡的姑娘,世界,当她屈从于
这个承受她大腿的压力的男人时,她就大笑,
她给他片刻甜蜜的销魂的感觉。
巴尔挺过来;他只使用他的眼睛。

当巴尔看到遍地都是尸体,
双重的快乐便会在他周身流转。
很多空间,巴尔说;它们不够算。
这个女人子宫里有很多空间。

有一次一个女人,巴尔说,献出一切,
她再也不会有什么了,所以让她走!
其他男人完全不会构成危险。
不过,就连巴尔也害怕孩子。

邪恶,巴尔说,注定要有所帮助,
同样地,行邪恶的人也是如此。
邪恶在它们所触摸的事物上留下印记。
坚持两个,因为一个会太难受。

松弛,柔软——那是你要回避的东西。
没有什么比追求乐趣更艰难。

强有力的四肢是需要的,还有经验:
膨胀的肚子会让你丧失勇气。

巴尔望着秃鹰在繁星闪烁的天空里
耐性地盘旋着等待巴尔什么时候死去。
有时候巴尔装死。秃鹰俯冲而下。
巴尔,二话不说,就会喝一顿秃鹰汤。

在我们悲哀的尘世那忧伤的星光下,
巴尔细嚼,打量广阔的牧草,连残茬也注意到了。
当它们被收割了,巴尔便疾步走入
森林深处,唱着歌,去享受他的睡眠。

当巴尔拖着衰弱的脚步去做黑暗子宫的战利品,
世界对巴尔意味着什么呢?巴尔有吃的。
仍有足够的天空潜藏在巴尔眼睛里
以便他死时仍留有足够的天空。

巴尔在子宫的黑暗里腐烂,
天空又一次很大很苍白很宁静,
赤裸、年轻、无穷地奇异,
如同巴尔出生时爱它的样子。

1918

巴尔之歌[1]

如果一个女人屁股够丰满,

我就会在干草堆里跟她试,

裙子和袜子全都凌乱不堪

(兴奋地)——因为那是我的方式。

如果那女人快乐地咬我,

我就会用干草把它擦拭,

我的嘴和她的嘴舔个够

(热烈地)——因为那是我的方式。

如果那女人继续拼命要

而我已太疲倦不想玩下去,

我就会笑笑挥挥手走掉

(愉快地)——因为那是我的方式。

1918

1　本诗来自戏剧《巴尔》。

奥尔格之歌[1]

奥尔格对我说:

在这世界上他最喜欢的地方
不是他至爱者安息的草地坟墩,

也不是告解室,也不是某个妓女房间,
同样不是子宫那又暖又白的柔软。

奥尔格认为这世界上最好的地方
是厕所里的抽水马桶。

这是一个使你满脸涨红的地方,
星星在上面,粪便在下端。

一个避难所,你有权
在新婚夜独自坐下来想想。

---

1 本诗来自戏剧《巴尔》。

一个谦虚的地方,你可以承认
你是一个男人,应尽你那点儿责任。

一个智慧的地方,你的肠上下求索
自己使劲,解出另一次畅快。

在那里你永远悄悄做好事,
为你的健康施加圆通的压力。

这时你才明白你有什么人生成果:
利用厕所——继续吃。

1918

奥尔格对有人送他一根涂肥皂的绞索的回答

1
他告诉我们,要是他走一条更好的路
他的生活将会多么如意:
他的生活实在坏得不能再坏——
但他自己更坏。

2
肥皂和绞索他都接受
因为他说活在这个星球上
是一种耻辱,把他
变得污秽不堪。

3
然而还有山陵和溪谷,
他见都没见过:
因此择优而行经过它们
仍不失为一种眼福。

4
只要太阳依旧是我们的邻居

就必然还有一点希望:
他愿意等待,只要它还在那里,
只要它仍然知道怎样落下。

5
还有很多山毛榉和落叶松,
全都非常方便他
把自己挂在枝条上
或伸展四肢躺在树荫里。

6
仍然有一样最后的财产
一个人怎么也不愿意放弃,
没错,是他最后一堆大便,
表明他没有白来一趟。

7
等到他咽下的仇恨和厌恶
已涨至他的食道难以吞忍
他将从口袋里拔出一把刀
懒洋洋地划过他的脖子。

1918

关于弗兰索瓦·维庸

1

弗兰索瓦·维庸是一个穷人的儿子,
凉风为他唱唯一的摇篮曲。
在他整个风雪交加的青年时代
周围唯一美丽的事物是无垠的天空。
弗兰索瓦·维庸,他没有一张可躺的床,
但很快就发现凉风已让他很满足。

2

屁股青肿,双脚流血,他发现
石子比巉岩更尖锐,更容易割破皮肤。
他很快学会向周围的人扔石子,
还学会在击垮他们之后庆祝。
 而如果他被打得趴在地上捂着头
 他很快就发现趴在地上让他很满足。

3

他一生都被拒于上帝的餐桌之外,
因此天堂的赐予他都得不到。

他的命运是用刀刺人,
把脖子伸进他们设下的圈套。
  那就让他们吻他的屁股,当他准备
  吃一点食物,食物让他很满足。

4
他对天堂甜蜜的奖赏不瞥一眼,
警察用他们的大手打断他的骄傲,
然而他也是我们亲爱的主的孩子:
他长时期穿行于风中雨中,朝着
他唯一的奖赏——绞架的方向走去。

5
弗兰索瓦·维庸没有被抓,而是隐藏
在丛林中死去,躲过了监狱——
然而他粗鄙的灵魂将永垂不朽,
像我这首歌不会陈旧。
  而当他,可怜的苦命人,摊开四肢躺着死去,
  他发现这样摊开也让他很满足。

1918

关于科尔特斯[1]的部下

在第七天,柔风吹动,
草地逐渐明亮。由于阳光明媚
他们便想歇一歇。从牛车上
卸下白兰地,解开几头牛的套具。
他们当晚宰了它们。随着气温渐冷,
他们从附近沼泽地树林砍了些
臂膀粗的桠杈,节节疤疤,适合烧火。
接着他们开始大口吃添了浓香料的肉,
到九点左右就边唱歌
边喝酒。夜又冷又绿。
喉咙嘶哑,醉醺醺,吃饱喝足
便对巨大的星星投以最后一道冷眼,
午夜将临时在火边颓然入睡。
他们睡得很沉,但早上很多人
都知道他们听见牛哞叫——就一次。
中午醒来时,他们已经在森林里。
目光呆滞,四肢麻木,呻吟着,

---

[1] 埃尔南·科尔特斯(1485—1547),西班牙军事家、征服者,曾率领探险队往美洲大陆开拓新殖民地,并征服墨西哥。

他们摇晃着站起来,惊讶地看见

四下都是臂膀粗的桠杈,节节疤疤,围绕他们,

比人还高,与树叶和清香的小花

纠缠在一起。在它们形成的

顶盖下,愈来愈闷热,而且那顶盖

似乎愈来愈密实。炎阳

看不见,也看不见天空。

队长公牛般嚎叫着,要手下去拿斧头,

但他们在牛群哞叫那一边。

看不见。他们用粗言秽语咒骂,在营地

周围踉踉跄跄,碰撞

蔓生在他们之间的桠杈。

手臂没力了,他们便野性大发,

一头扑进茂密的枝叶里,枝叶轻颤一下

就像是从外面吹来了微风。

经过几小时努力他们沮丧地

把汗淋淋的额头贴在异样的桠杈上。

桠杈不断生长,可怖的纠结

也慢慢在他们身上生长。后来,到了

由于枝叶生长而变得更暗的晚上

他们无声坐着,充满恐惧,

像笼里又累又饿的猴子。

夜里桠杈的纠结又生长了。但大概是有月光

因为还蛮亮,他们仍可以看见彼此。
只是快到早晨时,那东西如此密集
他们死前再没看见过彼此。
第二天森林里升起歌声,
又渐弱渐稀。可能是他们对彼此唱歌。
夜里更静了。牛群也静了。
天快亮时仿佛有野兽在嚎叫
但很远。后来有几小时
什么声音都没有。森林慢慢地,
在柔风中在明媚阳光中,悄悄地
在后来几星期里吃掉那些草地。

1919

关于爬树

1
当你们在黄昏时从你们的水里出来
(因为你们一定都赤裸裸,皮肤柔和)
你们就爬上轻风中那些
更高的大树。天空也该微暗了。
去找那些在黄昏里缓慢而庄严地
摇晃它们最顶端的粗枝的大树。
在它们的叶簇中等待黑暗,
黑暗中蝙蝠和鬼影都近在你们眉头。

2
大树下灌木丛僵硬的小叶
肯定会擦你们的背,而这背
你们必须在枝条间坚定地弓起;如此你们将
边爬边低声呻吟,上到更高处。
在树上摇晃很惬意。
但绝不许用膝盖来摇晃!
让你之于树如同树梢之于树:
数百年来,每个黄昏,它都这样摇晃它。

1919

关于在湖里河里游泳

1

在灰白的夏天,当微风
只在大树的叶尖上低唤,
你应该躺在河里或池里,
就像栖息着狗鱼的水草。
身体在水里变轻。当你的手臂
从水里舒适地掉进空中,
微风便心不在焉地摇晃它,
大概是把它当作一根褐色树枝。

2

正午的天空提供大量的宁静。
当燕子飞过,你闭上眼睛。
泥浆温暖。凉爽的泡沫冒出
表明一条鱼刚从我们中间游过。
我的身体和大腿和休息的手臂,
我们静静躺在水里融为一体,
只有当凉爽的鱼游过我们
我才感到太阳在深水上照耀。

3
到黄昏整个人都变得懒洋洋，
躺这么久，四肢开始酸痛，
这时你得猛地一头扎进
远远地散开的蓝色溪水里。
最好是在那里待到晚上，
因为那时鲨鱼似的灰白天空
会邪恶而贪婪地扑向灌木和河流，
一切事物都将显露它们最恰当的样貌。

4
当然你必须仰卧着，
好像习惯如此。任由自己漂浮。
你不需要游动，不，只需表现得
仿佛你是沙砾层的一部分。
你应当凝望天空，表现得
仿佛躺在女人怀中，这就对了。
不惊动任何事物，如同在黄昏的光中
善良的上帝在他的河里游泳。

1919

回忆玛丽·安

那是蓝色九月的一天,
我在一株李树的细长阴影下
静静搂着她,我的情人是这样
苍白和沉默,仿佛一个不逝的梦。
在我们头上,在夏天明亮的空中,
有一朵云,我的双眼久久凝望它,
它很白,很高,离我们很远,
然后我抬起头,发现它不见了。

自那天以后,很多月亮
悄悄移过天空,落下去。
那些李树大概被砍去当柴烧了,
而如果你问,那场恋爱怎么了?
我必须承认:我真的记不起来,
然而我知道你想说什么。
但她的脸是什么样子我已不清楚,
我只知道:那天我吻了它。

至于那个吻,我早已忘记,

但是那朵在空中飘浮的云
我却依然记得，永不会忘记，
它很白，在很高的空中移动。
那些李树可能还在开花，
那个女人可能生了第七个孩子，
然而那朵云只出现了几分钟，
当我抬头，它已不知去向。

1920

春天赞美诗

1

我正留心地等待夏天,伙伴们。

2

我们买了朗姆酒并给吉他上了新弦。白衬衫还没买。

3

我们四肢生长如六月的野草而到八月中旬处女们便消失了。这是享受无穷销魂的时光。

4

日复一日天空充满轻柔的明亮,它的夜晚剥夺你的睡眠。

1920

上帝的黄昏之歌

当黄昏朦胧的蓝风唤醒天父上帝,他看见头上的天空变得苍白,而他很享受。接着宇宙伟大的众赞歌清新他的耳朵,使他喜不自禁:

洪水泛滥、眼看就要溺毙的森林的疾呼。
古旧、褐色框架的农舍在家具和住户太沉重的压力下的呻吟。
精气耗尽的疲惫田野频频的干咳。
标志着最后的哺乳动物在大地上艰苦而幸福的一生之终结的腹部巨大的隆隆声。
伟人们的母亲焦虑的祈祷。
在冷寂中自得其乐的白色喜马拉雅山的冰川的吼哮。
还有不太顺利的贝托·布莱希特的苦恼。

与此同时:从森林里升起的洪水疯狂的歌声。
在古老地板的摇晃中熟睡的人们轻柔的呼吸。
唱出无穷尽的祈祷的麦田的陶醉的呢喃。
伟人们的伟论。
还有不太顺利的贝托·布莱希特,他那美妙的歌声。

1920

关于一个甜心之歌

我知道,甜心们:由于我一生放荡
我正在掉头发,还得睡在石头上。你们看见
我喝最廉价的杜松子酒,我赤裸走在风中。

但是,甜心们,我也有过纯洁的时光。

我有过一个女人,她比我坚强,就像草儿
比公牛坚强:又挺起来了。

她知道我坏,而她爱我。

她不问路通向哪里,那是她的路,
也许它通向山下。当她把身体献给我
她说:全在这里了。她的身体变成我的身体。

现在她不知去向,像雨后的云那样消失,
我让她走她就往下走,因为那是她的路。

但是在晚上,有时候当你们看见我喝酒,我就看见

她苍白的脸在风中,坚强地转向我,
而我在风中向她鞠躬。

1920

关于我母亲的歌

我已回忆不起她的痛苦开始之前她的脸的样子。她忧烦地将瘦削的前额的黑发往后拨,现在我还看得见她的手在晃动。

二十个冬天威胁过她,她受的苦太深,死亡也羞于接近她。然后她就死了,他们发现她的身体像个孩子。

她是在森林里长大的。

她在许多脸孔中间死去,那些脸孔如此长时间地看着她死去,最后都变硬了。人们原谅她,为她受的苦,但她在那些脸孔中间恍惚,然后才昏倒。

很多人我们没有挽留便离开我们。我们说了一切该说的话,他们与我们之间再没有什么可说,我们告别时脸孔变硬。但我们没说出那些重要的话,而是把它们压着。

啊,为什么我们不说出那些重要的话,那原是非常容易的，而我们为没有说出而受惩罚。那是些很容易的话，在我们牙根里动着；我们大笑时它们就脱口而出，而现在它们把我们噎住了。

现在我母亲死了，那是昨天傍晚，五月一日。我再也不能用我的手指把她挖出来。

1920

关于赫

听着,朋友,我要给你们唱赫的歌,那黑皮肤的姑娘,我十六个月的情人,然后她便香消玉殒。

她总是那么年轻,她有一双不分青红皂白的手,她为了一杯茶而出卖她的皮肤,为了一块点心而出卖她的自我。她在柳树林里奔跑,直到她精疲力竭,她就这样。

她把自己献出来,像一个水果,但没人接受她。很多人把她含在口里,再把她啐出来,这善良的赫。甜心赫。

她头脑里知道女人是什么,但她的双膝不知道,白天里她知道眼睛怎样看,夜里就不知道了。

夜里她就惨了,虚荣把她变瞎,赫,而女人们都是夜间动物,而她不是夜间动物。

她不像碧那样聪明,那优雅的碧,植物般的碧,她只是不断地到处奔跑,她的心没有思想。

因此她死了,在一九二〇年五月,突然死了,悄悄地,没人注意,她像一朵云那样消失,而人们说那朵云未曾存在过。

1920

关于那个女人的歌

在黄昏的河边,在灌木丛黑暗的中心,有时候我又看见她的脸,我爱过的那个女人的脸:我的女人,她已经死了。

那是很多年前了,而有时候我对她已一无所知,而她曾经是一切,但一切都过去了。

而她在我身上,像凹形的蒙古大草原上的一棵小杜松,那里有淡黄色的天空,有巨大的悲哀。

我们住在河边一座小黑屋里。马蝇常常叮她的白身体,而我把报纸读七遍,或对她说:你的头是污垢的颜色。或:你没心。

但是,有一天我在小屋里洗我的衬衫时她走到门边,望着我,想离去。

而那个曾经把她打得自己也累了的人对她说:我的天使——

而那个曾对她说"我爱你"的人带她出去,望着天空,微笑,赞美天气,握她的手。

现在她已在野外了,小屋也逐渐荒凉起来,他便关上门,坐下来读报纸。

自那以后,我再没见过她,她只留下早上回到门前发现门已关闭时细细的哭泣声。

如今我的小屋已朽坏,我的胸前塞满报纸,而每天黄昏我躺在河边,在灌木丛黑暗的中心,回忆往事。

风弥漫着毛茸茸的青草的味道,而河水不停地向上帝哭诉着祈求平静,而我的舌头生出苦味。

1922

献给母亲

当她死了他们让她躺在土里,
她上面花儿生长,蝴蝶嬉戏……
她这么轻,几乎没有在土里留下压痕,
她要受多么大的苦,才变得这么轻呀!

1920

骑着游乐场的木马

骑着游乐场的木马,
我在儿童们中间腾跃——
猛地弓起,我们抬起幸福的面孔
仰望黄昏神奇的晴空——
所有的路人都站在那里哈哈笑,
而我听见他们说,完全像我母亲:
啊,他这么特别,他这么特别,
啊,他跟我们完全不一样。

跟我们那些社会名流坐在一起,
我向他们陈述我不寻常的观点,
他们都盯着我,直到我皮肤渗出汗——
他们不流汗,那可是他们的禁忌——
而我看到他们坐在那里哈哈笑,
而我听见他们说,完全像我母亲:
啊,他这么特别,他这么特别,
啊,他跟我们完全不一样。

有一天当我飞向天堂

（他们会让我进去，这毫无疑问）
我将听到幸福的天使们叫道：
他在这里，快把极乐之酒斟满！
接着他们会盯着我，禁不住哈哈大笑，
而我将听见他们说，完全像我母亲：
啊，他这么特别，他这么特别，
啊，他跟我们完全不一样。

1920

任何男人的秘密之歌

1

你们知道一个男人是什么。他有一个名字。
他走在大街上。他坐在酒吧里。
你们可以望着他的面孔,你们可以听到他的声音。
一个女人替他洗衬衫,一个女人替他梳头。
　但打死他也无妨,不是什么大损失
　如果他不是一个多于他所作所为的人——
　而不过是那种做被认为是坏事的人
　和那种做被认为是好事的人。

2

而他们知道他胸膛上那个无皮肤的伤口
他脖子上的咬痕他们也没有忘记。
她知道,她咬过他,她会把这告诉你
和那个有皮肤的男人:她曾经给那伤口抹盐。
　但用盐抹掉他吧,不是什么大损失,
　如果他哭,就把他扔到外面的垃圾堆上
　使他来不及告诉你们他是谁。
　如果他请求沉默,就让他闭嘴!

3

然而他心底里有一样东西

他的朋友不知道，他的敌人也不知道，

他的天使也不，他自己也不：

如果他死时你们哭了，你们也不是在哀悼那样东西。

 那就把他完全忘了吧，不是什么大损失，

 因为你们都错了，事实是你们被愚弄了。

 因为他绝不是你们所知道的那个男人

 他是一个多于他所作所为的人。

4

啊，他稚气地用满是尘土的手

把面包塞进嘴里，咬一口就笑一下：

那道从有奇怪皮肤的眼睛里射出的鲨鱼般的目光

动物看了也会吓得发抖。

 但和他一起笑吧！祝他好运！

 让他活！甚至帮他！

 啊，他不好——你可以指望这个——

 但你们还不知道你们会遭遇什么。

5

你们这些把他扔进又黄又脏的海水里

或挖个坑把他埋入黑土深处的人

将远甚于你们所知的而向鱼群游去,

将远甚于你们所埋的而在地下腐烂。

　但是来吧,埋了他,不是什么大损失

　因为被他践踏和被他踩扁时他也不注意的

　那片青草,并不是为了牛而生长在那里。

　这个作为者也不为他的作为而活。

1920

德国,你这苍白的金发人

德国,你这苍白的金发人,
有着乱云和温柔的额,
你寂静的天空出了什么事?
你已经成了欧洲的腐肉坑。

秃鹰在你头顶盘旋!
野兽撕裂你的好身体,
垂死者用他们的污物涂抹你,
他们的分泌液
弄湿你的田野。田野!

你的河流曾经多么温柔,
现在被紫色的苯胺毒害。
儿童用裸牙把你的谷物
连根拔起,他们
饥饿。

但收获流入了
发臭的水。

德国,你这苍白的金发人,
蛮荒之地。充满
离去的灵魂。充满死人。
不再、不再跳了——
你的心,它已经
发霉,被你卖掉,
用硝酸钠腌制
拿来
换旗。

啊腐肉之地,苦难之洞!
羞耻扼杀了对你的回忆,
而在没有被你毁灭的
年轻人身上
美国醒来。

1920

生不逢辰

我承认：我
没有希望。
盲人奢谈出路。我
看见。

当错误作为我们最后的伙伴
也被用光，面对我们
坐着的，是虚无。

1920

因为我非常清楚

因为我非常清楚
那通往地狱的不洁旅程
要穿过整个天堂。
他们坐在透明的马车里:
这,你底下,他们被告知,
就是天堂。

我知道他们这样被告知
因为我想象
他们恰好包括
众多认不出它的人,因为他们恰好
认为它应该更加光芒四射。

1920

汉娜·卡什之歌

1
穿着薄棉裙披着黄围巾,
那双眼睛是两个乌亮的黑池,
没有才能或金钱,她依然应有尽有,
从她那头清澈瀑布般的黑发
到她那十只还要更黑的脚趾:
  没错,这就是汉娜·卡什,我的朋友,
  她让纨绔子弟们付出高价。
  她随风而来随风而去,
  如同吹过热带草原。

2
她没有衬衫也没有帽子,
可唱的赞美诗就更少了。
她流入城市里如同一只半溺的猫,
一只灰色小生物又抓痒又吐痰,
与死尸一起被冲进黑阴沟。
  她把苦艾酒杯洗得干干净净,
  她自己从未干净过,
  你问汉娜·卡什纯洁过吗,我的朋友?

我会说她一定纯洁过。

3
某个晚上她去了水手酒吧,
她那双黑池般的乌亮眼睛
看到满头鼹鼠毛的杰克·肯特——
没错,水手酒吧的短刀杰克,
能抓走什么他就抓。
 肯特的眼睛开始直溜溜地发光,
 一边掏他那结痂的鼻孔:
 那双眼睛,我的朋友,使汉娜·卡什
 从头顶一直震颤到脚底。

4
他们在鱼和野味之间"找到共同语言",
这使他们成了"终生伴侣"。
他们自己没有桌,也没有鱼或野味,
他们没有床,也没有可以为
也许会生下的任何崽子起的名字。
 暴风雪可以吼叫,雨可以下个不停,
 热带草原可以爆发又宽又广的洪水,
 但汉娜·卡什的立场,我的朋友,
 是站在她丈夫一边。

5

那卖牛奶的女人说他不能直立着走路,
那警长管他叫作老鼠。
但汉娜说:你们说得没错,
他是我男人。如果你们不反对
我要追随他左右。就因为这个。
 就算他是瘸子,就算他是疯子,
 就算他爱怎么打她就怎么打:
 汉娜·卡什只问,我的伙计,
 她仍爱他吗?

6

婴儿床上没有顶盖,
夫妻之间拳打脚踢。
从不分离,一年又一年,
从城市到森林他们一唱一和,
从森林到热带草原形影相随。
 当寒风吹来暴雪袭至,
 也不能阻挡你爱走多远就多远。
 只要汉娜·卡什,我的孩子,
 还与她的男人继续向前走。

7

没有人穿得像她这样穷酸,

她没有星期天可以休息,
没有去过饼店买东西来下茶,
大斋节和丈夫小孩没蛋糕吃,
也没有唱诗班可唱歌。
 虽然每天可能跟任何
 其他日子一样悲哀:
 但在最黑暗的日子里汉娜·卡什,我的伙计,
 也总是沐浴在阳光中。

8
她偷盐,他偷鱼。
如此而已。如此英雄主义。
而她一边煮鱼,一边看着
孩子们坐在他膝盖上
学习他们的教义问答。
 在整整五十年的夜里风里
 他们同睡一张床。
 没错,这就是汉娜·卡什,我的朋友,
 愿上帝保佑她疲劳的身心得到休息。

1921

感恩节的大赞美诗

1

崇拜那包围你的夜晚和黑暗吧!

成群走出来吧,

凝望头顶上的天空,

白昼已经消逝。

2

崇拜那些有生命且必将消亡的青草和野兽吧!

瞧啊!青草和野兽

像你一样参与生命的盛宴,

像你一样它们也必将消亡。

3

崇拜那棵从腐肉向天空升腾的树吧!

崇拜这腐肉,

崇拜这棵由它养育的树,

但也要崇拜天空。

4

全心崇拜天空的健忘吧!

它丝毫想不起
无论是你的名字或你的脸
没人知道你还活着。

5
崇拜这寒冷这黑暗而可怕的灾难吧!
扫视整个大地:
你实在什么也不是,
大可以平静地死去。

1920

赞美诗

1

当白浪淹上我们脖子我们眨也不眨眼;

2

当暗褐色的黄昏啃我们,我们抽雪茄;

3

当我们在天空里溺水我们不说不。

4

白浪没跟任何人说它们要淹上我们脖子;

5

报纸上也完全不提我们不说任何话;

6

天空听不到那些溺水者的呼喊。

7

因此我们坐在大石上如同幸运者;

8
因此我们杀死那些谈论我们沉默面孔的金翅鸟。

9
谁谈论石头?

10
谁想知道白浪、黄昏和天空对我们的意义?

1921

第四赞美诗

1

人们还对我怀着什么期待?
我已使尽所有的耐性,吐出所有的樱桃酒,
把所有的书籍塞进火炉,
爱所有的女人直到她们讨厌如海中怪兽。
确实我是伟大圣人,我耳朵烂得很快就要掉下。
所以为什么没得安宁?为什么人们站在院子里
如同垃圾桶——等待有些什么东西扔进去?
我已明白表示,想从我这里期待《雅歌》是徒劳的。
我已怂恿警察去抓买家。
不管你想找谁,那不是我。

2

我是我所有兄弟中最实际的——
一切都是因为我的脑袋!
兄弟们都残忍,我是最残忍的,
却又是我在夜里哭泣!

3

当律法书打破,所有恶行也出笼了。

就连跟妹妹睡觉也不再有趣。
谋杀对很多人来说太过麻烦，
写诗太过普通
因为一切都太过不确定，
很多人宁愿讲真话
对危险不屑一顾。
交际花腌肉以备过冬，
魔鬼不再带走最好的人。

1922

我曾经想

我曾经想,我愿意死在自己的被窝里
而现在
我不再摆直墙上的挂图,
我让百叶窗腐朽,把卧室敞开给风雨,
在另一个人的餐巾上抹嘴。
我曾有个房间,住了四个月都不知道
它的窗子可望见屋后的风景(尽管那正是我喜欢的),
因为我如此喜欢临时性,并且不太完全相信自己。
因此我随遇而安,如果我发抖我就说:
我还能发抖。
这种态度是如此根深蒂固,
可我还是会更换我的内衣裤,
除了出于对女士们的尊重,还因为
我们显然不会
永远都需要内衣裤。

1921

叠内衣裤的失贞清白者之歌

1
母亲告诉我的，
不可能是真的，我肯定。
她说：一旦你受玷污，
你就再也不能纯洁。
　这不适用于内衣裤，
　也不适用于我。
　把它浸入河里
　它立即又干净。

2
十一岁时我就罪孽深重
如同任何军人的新娘。
事实上到十四岁
我的肉体就见不得人了。
　那内衣裤已经变旧了，
　我把它浸在溪水里。
　它贞洁地躺在篮子里
　如同一个处女的梦。

3

在我第一个男人认识我之前
我就已经堕落。
我臭味熏天,真正
是一座罪恶的巴比伦。
　以柔软的曲线
　让内衣裤旋转在河水里,
　感到波浪的碰触:
　我正慢慢漂白。

4

因为当我第一个男人拥抱我
而我也拥抱他,
我感到有邪恶的冲动
从我胸脯中和子宫里涌出。
　内衣裤就是这德性,
　我也是这德性。
　河水疾速地流逝,
　所有肮脏都大喊:看啊!

5

但当其他人来了,
那是一个阴郁的春天。

他们用邪恶的话骂我,
我变成邪恶的东西。
　没有女人可以通过把自己妥善保存
　来恢复自己的名誉。
　如果内衣裤长期躺在架上
　它将在架上变旧。

6
又一次另一个人来了
当另一年又开始。
当一切都是别的,我看到
我是另一个女人。
　把它浸在河里然后抖动它!
　有阳光有漂白剂有空气!
　使用它并让他们拿走:
　它将清新如从前!

7
我知道:还将发生更多事情,
直到最后再也没事情发生。
只有当内衣裤未被用过
它才是白白浪费。
　而一旦它磨损,

任何河水也洗不净它。

它将被漂洗得又破又烂。

那一天必将来临。

1921

我并非总是没有

我并非总是没有最好的意图,
太嗜好烟草也许是我能想到的唯一过失,
或者也许是当生气已经太晚时我也就不生气了,
以及米勒赖泽特[1]总是说:好啦,别老是喝淡茶。
但我的原则是:任何人都可以碰上好运气,重要的
是你别躲开
接着呢,我突然发现我已经写了一部真正的戏。

我几乎没有注意什么,只是有点儿信手拈来,
原则问题总是使我操心不已,
对我来说一切都开始于原则,譬如说
烟草,还有我对酒的爱好,
最初我真的想保持安静,但我不能自拔,
而奥尔格说:看来,不会更快地改善,
不如现在就用一颗子弹毙了你自己,
也好过长时间受苦,或不管用什么安慰的话。

---

[1] 米勒赖泽特和后文的奥尔格都是布莱希特早年在奥格斯堡的朋友。

现在我几乎每周写一部,
那感觉就像杯中的溏心蛋,
我知道一部好过没有,
但我认为这一切都跟我的鹰钩鼻有关,你知道,
而对此你实在无能为力——这早就证明过了
而且我生来就注定要升上最高位。
奥尔格有一次不经意地说了这个看法:
你身上曾经有一只老虎的潜能,
但你最好还是跟这类野心说再见。

1922

关于他难免一死

1
抽你的雪茄吧:这是快慰的医嘱!
抽不抽我们都迟早要进殡仪馆。
例如我眼膜里已有癌症的迹象
我迟早将因此死去。

2
当然你没必要心灰意冷,
一个人大可以继续撑几十年。
他可以给肚子里填满鸡肉和应时黑莓,
尽管不用说某一日他会蹬腿儿。

3
对此你一筹莫展,无论是喝烈酒还是使诈,
这样的癌症不知不觉在体内生长。
也许当你与新娘站在教堂圣坛上,
你已经在花名册上被划掉了。

4
例如我叔叔穿熨得笔挺的裤子

尽管早就被选中了去别处。
他双颊依然红润但它们是墓地玫瑰，
他身上没有一根健康的毛发。

5
某些家族是有遗传的，
只是他们既不承认也不谴责。
他们可以分辨凤梨与迷迭香，
至于癌症，那跟疝气差不多。

6
不过，我祖父知道会发生什么事所以不多问，
并按医生的吩咐谨慎地生活，
甚至挨到五十岁才开始厌烦。
过上这样的生活，狗才愿意。

7
你我都知道：没有谁值得羡慕。
恐怕每个人都有个十字架要背负。
肾病是我的隐患，而我
滴酒不喝已有一年多。

1923

关于杀婴犯玛丽·法拉尔

1
玛丽·法拉尔:出生月份,四月;
未成年孤儿;佝偻病;胎痣,无;以前
人品良好;承认她确实杀了
她的孩子,概述如下。
她在第二个月到地下室
去见一个女人,她自称,
并打了两针,虽然很疼,
但堕胎并未成功。
　但我恳请你,按捺住你的愤怒,
　　因为所有人都需要其他人帮助。

2
但尽管如此,她说,她还是按说定的
付了钱,然后自己买了一件束腰内衣
并喝了纯酒精,还加了辣椒,
但那只使她又呕又吐。
现在她的肚子明显地肿起,
在她洗碟时隐隐发疼。

她说那东西没有停止肿大。
她向圣母祈祷,怀着巨大希望。
   我也恳请你,按捺住你的愤怒,
    因为所有人都需要其他人帮助。

3
然而她的祈祷似乎不起作用。
她要求太多了。她肚子越来越大。弥撒时
她开始感到头晕,于是她
冒着冷汗跪在十字架前。
她还是继续想办法掩盖真相
直到临产那一刻来临,
因为她如此样貌平平,谁也不相信
会有任何男人想要去引诱她。
   但我恳请你,按捺住你的愤怒,
    因为所有人都需要其他人帮助。

4
她说分娩那天早上,她正在
擦洗楼梯,有东西在她体内
爬动。它震了她一下,然后消失。
她勉强掩藏住她的痛苦,忍住不叫。
一整天,当她晾衣服时,

她想来想去,终于惊慌地明白

她就要生孩子。一块大石头

立即压在她心上。她直到夜里才敢上楼。

　然而我恳求你,按捺住你的愤怒,

　因为所有人都需要其他人帮助。

5

但她刚躺下来他们就来叫她:

又下起雪来了,必须去打扫。

那是漫长的一天。她忙到十点后。

她无法安心分娩,直到全屋子人都睡了。

然后她生了,她供认说,一个儿子。

那儿子就像任何母亲的儿子。

但她不像任何别的母亲——不过,

我也没有什么正当理由去嘲笑她。

　我也恳求你,按捺住你的愤怒,

　因为所有人都需要其他人帮助。

6

所以就让她继续,把故事说完,

讲讲她生下的儿子发生了什么事

(她说她什么也不会隐瞒),

好让大家看看我是什么你是什么。

她刚爬上床,她说,突然一阵
恶心。不知道会发生什么事情直到
事情发生,她挣扎着压低她的
叫声,把叫声吞下去。房间一片寂静。
　而我恳求你,按捺住你的愤怒,
　　因为所有人都需要其他人帮助。

7
睡房又冰又冷,于是她使出
最后的气力,拖着身体
去厕所,就在那里,快破晓时
她草草地生下孩子
(具体什么时辰,她不知道)。这时
她已完全茫然,她说,她已冻得半僵,
发现她已抱不住婴儿,
因为仆人的厕所涌入大量的雪。
　而我恳求你,按捺住你的愤怒,
　　因为所有人都需要其他人帮助。

8
在仆人厕所与她的床之间(她说
直到那时什么也没有发生),婴儿
开始哭,这把她急坏了,她说,

于是她用拳头打他，一阵乱捶乱击，

没有停顿，直到婴儿不吭声，她说。

她把婴儿的尸体带上床，

彻夜抱着它，她说，

早上才把它藏在要洗的床单里。

 但我恳求你，按捺住你的愤怒，

 因为所有人都需要其他人帮助。

9

玛丽·法拉尔：出生月份，四月；

死于迈森感化院，按法律

判断，是个未婚妈妈，她将

向你证明所有活着的人，怎样活得像一根草。

你们这些在洗干净的床单上生儿子

并把你们的怀孕叫作"幸福"状态的人

不应谴责被遗弃者和弱者：

她罪孽重，但苦也深。

 所以我恳求你，按捺住你的愤怒，

 因为所有人都需要其他人帮助。

1922

老妇人谣

上星期一她十一点左右起床,
他们没想到她会自己好转。
她把她的发烧当作来自天堂的征兆,
几个月来她几乎只剩下皮包骨。

整整两天她呕出的全是唾液,
当她起床时她脸色苍白如雪。
几星期前牧师已被叫来为她涂油和赦罪,
似乎她唯一想呷一口的就是咖啡。

然而,又一次,她避过了死神的拥抱,
最后仪式有点儿算错了时间,
她爱那个放着她衣服的胡桃木柜,
无法就这么跟它分离。

旧家具常常生满蠕虫,
但它们依然是你的一部分。也就是
她会想念它们。那么,愿上帝保护它们。
她上星期做了十二罐黑莓果酱。

不仅如此,她现在还确信她的牙齿也管用了。
如果你牙齿没问题你就更能吃,
你早上出门时戴上它们,
晚上把它们放在旧咖啡杯里。

她的儿女们都记得她的存在,
她都有他们的消息,而上帝会保佑他们。是的
她将在上帝协助下度过这个冬天,
她那身黑衣服也不会有太大问题。

1922

早上致一棵叫绿的树

1

绿,我应该向你道歉。
昨夜风暴的喧哗使我辗转难眠。
当我望出屋外,我注意到你摇摇晃晃
像一只醉猴子。我还谈起过这事。

2

今天,黄太阳在你光秃秃的枝丫间照耀。
你仍在抖落一些泪珠,绿。
但现在你知道自己的价值。
你经历了一生中最惨烈的战斗。
秃鹰们也对你发生兴趣。
现在我知道:你是凭着你那不可阻挡的
灵活性,才继续在今天早上挺立。

3

鉴于你的成功,这是我今天的看法:
能够在廉价公寓之间长得这么高

绝非小功绩,这么高,绿啊,高得
风暴可以像昨夜那样找你较量。

1925/1956

鱼王

1
啊,他不像月亮那样
按时来,然而他像她那样离开。
为他准备一顿便餐
并不是难事。

2
当他来了,那个晚上
他们之中就有了一个人
不期望什么,却给出很多,
所有人都不认识他,每个人都亲近他。

3
他们都习惯他的离去,
但都吃惊于他的到来,
然而他总会回来,再次
像月亮,且心情愉快。

4
像他们那样坐下来聊天:谈他们的事情,

谈女人们的活计，鱼将卖多少钱，
何时出海，渔网价格，
尤其是如何省税。

5
虽然他没花心思
去记他们的名字，
但与他们的工作有关的一切
他无所不知。

6
当他这样谈论他们的事情，
他们反过来问他：你自己的呢？
他会微笑着环顾四周，
然后迟疑地说：没事情做。

7
就这样一来一往地交谈，
他总是与他们为伴。
他所吃不多于他应有的那份，
尽管他总是不宣而至。

8
迟早总会有人问他：

告诉我们,你怎么会来我们这里?
他会急忙站起来,猜到
气氛就要发生某种变化。

9
由于没有什么可以提供给他们了,
他便像被解雇的仆人,自己礼貌地离开。
他不会留下哪怕是最小的影子,
柳条椅里不会有凹位。

10
然而他将允许另一个人
来更丰富地取代他的位置,
事实上他不会妨碍任何人
在他沉默之处发言。

1920 年代

黑色星期六复活节前夕最后时刻之歌

1

在春天里,在绿色天空
与迷人野风之间我已经半是动物,
走进那些黑色城市
心里包着要说的寒冷话。

2

我给自己填满了沥青动物,
给自己填满尖叫填满水,
但是我亲爱的伙伴,虽然这一切都使我寒冷,
我还是照样保持轻和空。

3

他们来了,直接就在我墙上砸个洞,
又边咒骂边从我身上爬出来:
里面什么也没有除了大块大块的空间和寂静,
他们咒骂又尖叫:我一定是纸人。

4

我咧嘴而笑穿过两边的房子往下走,

来到外面的空地。严肃而柔软的风
现在更迅速地穿过我的墙,
外面仍在下雪。雨下进我里面。

5
犬儒的伙伴们的口鼻已经
发现我空荡荡,啥也没有。
野猪在我里面交配。乳白色
天空的渡鸦老把尿撒进我里面。

6
比浮云还弱!比风还轻!
看不见!庄严、粗野、轻
如我自己的一首诗,我在天空里飞
与一只不知怎的飞得更快的鹤同行!

1922

马利亚

当初她分娩那个晚上
天气寒冷。但在后来那些年间
她完全忘记了
暗光中的积雪和冒烟的火炉
和天快亮时产后的痉挛。
但她尤其忘记了穷人中
普遍存在的那种
没有隐私的强烈羞耻。
这就是为什么在后来那些年间
它成为大家共同参与的假日的
主要原因。
牧羊人粗俗的闲话沉寂了。
后来他们都变成故事中的国王。
那风,原本非常寒冷,
变成了天使们的歌声。
屋顶上那个漏进冰霜的破洞已什么也没剩下
除了那颗窥视的星。
这一切都是因为她儿子的眼界,他很容易
就喜欢唱歌,

身边围着一群穷人
并习惯于与国王们混在一起,
习惯于夜里仰望头顶上一颗星。

1922

呼吸的礼拜仪式

1

有一天来了一个老妇人,

2

她没面包可吃了,

3

面包全被军队吃光了

4

所以她掉进阴沟,冻坏了,

5

从此不再饿了。

6

   这时森林里雀鸦全无声,
   树梢一片寂静,
   群峰上几乎听不见

一缕呼吸。

7
然后来了验尸官的助手,

8
他说这位老大姐必须有死亡证,

9
于是他们埋了这极度饥饿的女人,

10
于是她再也无话可说了,

11
那医生就笑她的死法。

12
 森林里雀鸦也全无声,
 树梢一片寂静,
 群峰上几乎听不见
 一缕呼吸。

13
然后单独来了一个男人，

14
他一点也不遵守纪律，

15
他觉得此中必有蹊跷，

16
他要为老妇人申冤，

17
他说：人总得吃饭，对吧？

18
　这时森林里雀鸦全无声，
　树梢一片寂静，
　群峰上几乎听不见
　一缕呼吸。

19
突然来了一个警官，

20
他拔出一根橡皮棍,

21
他一棍把那男人的后脑勺打出个球,

22
那男人就再也无话可说了

23
但那警官大声发出命令:

24
　现在森林里雀鸦全都将无声,
　树梢全都将一片寂静,
　群峰上几乎听不见
　一缕呼吸。

25
然后来了三个有胡子的男人,

26
他们说这不能单独由一个男人来解决,

27

并继续这样说直到子弹像蜜蜂乱飞,

28

但那些蛆虫爬进他们的肉穿过他们的骨,

29

于是有胡子的男人再也无话可说了。

30

 这时森林里雀鸦全无声,

 树梢一片寂静,

 群峰上几乎听不见

 一缕呼吸。

31

突然来了一大群男人,

32

他们要跟军队说话

33

但军队用重机枪回答

34
于是所有这些男人也都无话可说了,

35
但他们额上还是擦过一道弹痕。

36
这时森林里雀鸦全无声,
树梢一片寂静,
群峰上几乎听不见
一缕呼吸。

37
然后有一天走来了一头大红熊,

38
它不知道当地习俗,所以它不必遵守,

39
但它身上没有苍蝇,而且它一点也不傻,

40
于是它吃掉森林里那些雀鸦。

41

　　此后森林里雀鸦呱呱叫飞走，
　　树梢也不再寂静，
　　群峰上终于可听见
　　一些呼吸。

　　1924

城市诗
(*1925—1929*)

关于可怜的贝·布

1
我,贝托尔特·布莱希特,从黑森林出来。
母亲把我带到城市,当我还躺在
她身体里。而森林的寒冷
将留在我体内,直到我死去那天。

2
在那座沥青城市我很自在。从一开始
它就给我提供每一顿圣餐:
报纸。还有烟草。还有白兰地。
始终多疑、懒散而满足。

3
我对人礼貌友善。我戴一顶
硬礼帽因为他们都这样。
我说:他们都是动物,散发特别气味。
我还说:这有什么关系呢?我也是。

4
中午前我会让一两个女人坐在

我那些空摇椅上，用平静的目光
持续地打量她们，对她们说：
我不是你们可以依靠的人。

5
到晚上，我把男人们聚集在身边，
我们彼此用"先生"称呼。
他们把脚搁在我桌面上
并说：我们的情况会改善。而我没有问何时。

6
在黎明的灰光中松树撒尿
而它们的寄生虫，那些鸟儿，开始啁啾叽喳。
这个时刻我在城市里喝完杯里的东西，然后
把烟屁股扔掉，忧心忡忡去睡觉。

7
我们这安逸的一代曾坐在
被认为是不可摧毁的房子里
（所以我们在曼哈顿岛建造高楼
和供大西洋浪潮消遣的小天线）。

8
那些城市，将只剩下穿过它们的东西——风！

那座房子叫食客高兴:他吃得一干二净。
我们知道我们只是住客,暂时寄居,
而在我们之后将没有什么值得一谈。

9
在将来的地震中,我非常希望
我还可以继续抽我的雪茄,不管苦不苦
我,贝托尔特·布莱希特,都是很久以前,
在母亲肚子里,从黑森林被带到沥青城市。

1922—1925

我听见

我听见
他们在市场上说我,我难以入眠,
我的敌人,他们说,正在组织家庭,
我的女人正在穿她们的好衣服,
在我的前厅有人正在等着,他们
都是倒霉者的朋友。
很快
你将听说我不吃饭但
穿新西装,
但最可怕的是:我自己
发现我对别人
越来越苛刻了。

1925

母牛吃饲料

她宽大的胸部压着食槽栏杆
吃起来。瞧那干草!她不是吞食
而是慢慢咬碎,末端还在晃,
然后小心地嚼,直到它稀烂。

她身躯结实,她古老的眼睛惺忪
已习惯于邪恶,她谨慎地嚼。
年纪已使她恰如其分地看待事物,
如今已不会对你的妨碍感到吃惊。

就在她把干草吃进去的时候
有人来挤奶。忍着,一声不吭
她让他的手拧她的乳头。

她不用转身也知道那只手,
很快她将不知道在发生什么事
而是会利用黄昏的气氛拉个屎。

1925

拜姆伦大妈

拜姆伦大妈那条腿是木的,
她可以走得颇自然,
还穿了鞋,而如果我们是好孩子
她还会让我们看个够。

她那条腿上有一个杯钩,
可以挂上她的门匙,这样
即使在黑暗中她也能找到它,
当她从酒馆回来。

当拜姆伦大妈在大街小巷逛荡
并带一个陌生人回家,
她会在楼梯口把灯关掉,
然后才开门。

1925

关于大自然的殷勤

啊,起泡的牛奶依然从陶罐
流入老头那淌着唾液的无牙口里。
啊,寻找爱的狗依然摇尾和奉承
摩擦那群逃跑的暴徒的双腿。

啊,村外的榆树林依然低垂下绿枝
优美地向那个打小孩的男人鞠躬,
而杀人犯啊,那无视力的善良尘土教我们
怎样把你们斑斑的血迹从心中抹掉。

同样地,风把沉船传来的尖叫声
与陆地上树林里叶子的沙沙响混合,
还礼貌地把姑娘褴褛的褶边掀起,好让
那患梅毒的陌生人可以瞥见她迷人的双膝。

夜里一个女人重重地发出的淫荡叹气
掩盖角落里四岁小孩恐惧的抽泣,
而一个苹果从那棵一年比一年美丽的树上娇滴滴
掉落,依偎在那只狠揍那个小孩的大手里。

啊，小孩清澈的眼睛怎样一亮，
当父亲拔刀把那头公牛放倒在地上。
女人们怎样擂起她们给小孩喂过奶的乳房
当士兵们随着乐队的战歌齐步走过村庄。

啊，我们的母亲都待价而沽我们的儿子都不顾一切，
因为沉船的海员都巴不得抓住任何古老的巉岩。
垂死者对这世界唯一的要求就是挣扎，好让他
可以又一次看见黎明，又一次听见鸡鸣第三遍。

1926

我不是在说亚历山大的任何坏话

帖木儿,我听说,费很大的劲去征服地球。
我不明白他;
因为喝一点儿酒你就可以把地球忘掉。
我不是在说亚历山大的任何坏话,
只是
我见过不少人,
他们都很出色——
绝对值得钦佩,
哪怕仅仅因为
他们活着。
伟人流太多汗。
我只从中见到一个证据
表明他们无法忍受独立独行,
抽抽烟,
喝喝酒
诸如此类。
而且他们一定是精神太空虚
无法满足于
坐在一个女人身边。

1926

给迈克的煤

1
我听说本世纪初
在俄亥俄,
比德厄尔有一个女人
叫玛丽·麦科伊,铁路工人
迈克·麦科伊的寡妇,贫困交加。

2
但是每夜从转轮铁路公司那一列列咆哮的火车上
司闸工们都会扔一块煤,
越过尖桩篱栅掉进那片土豆地,
用粗哑的声音匆匆喊道:
给迈克!

3
每夜当那块给迈克的煤
击中那间棚屋的墙,
老妇人便会爬起来,
睡眼惺忪穿上衣服,把那块煤藏好,

那是司闸工们给迈克的礼物,他死了
但没有被忘记。

4
她之所以要起早摸黑把他们的礼物藏好,
不让世界看到,是因为这样一来
那些司闸工才不会
被转轮铁路公司找麻烦。

5
此诗献给司闸工
迈克·麦科伊的兄弟们
(迈克的肺太弱,顶不住
俄亥俄的运煤火车)
为了兄弟情谊。

1926

给高层人物的指导

当他们在齐鸣的炮声中
埋葬阵亡的无名战士,
在同一个中午时辰
从伦敦到新加坡
从十二点二分到十二点四分,
整整两分钟,所有工作停止
就为了纪念
那个阵亡的无名战士。

但也许
也该发出指示了,
举行一个仪式纪念
那个来自各大洲各大城市的
无名工人。
某个从混乱交通里走出来的人,
他的面孔没人注意,
他神秘的性格被人忽略,
他的名字从未被清晰地听过,
这样一个人

应为了我们大家的利益

而被纪念,以一个隆重仪式,

用广播向

"无名工人"

敬礼,

整个星球上的全部人类

都停止工作。

1927

在车站离开你的朋友[1]

在车站离开你的朋友们,

在早晨进入城市,扣紧外衣的纽扣,

找一个房间,而当你的朋友来敲门:

不要,啊不要开,

而是

掩盖你的踪迹。

如果你在汉堡或别的地方遇见父母,

那就像陌生人那样经过他们,拐过角落,别认他们,

用他们给你的那顶帽遮住你的脸,

不要,啊不要亮出你的脸

而是

掩盖你的踪迹。

有肉就吃。别节制。

下雨就躲进任何屋子,坐到里面任何椅子上,

但别久坐。而且别忘了你的帽子。

---

1 组诗《一位读者给城市居民的十首诗》之一。

我告诉你：
掩盖你的踪迹。

不管你说什么，都不要说两次，
如果你发现别人也有你的想法，就别说你也有，
一个不签署任何文件，不留下任何照片，
不在现场，没说过任何话的人：
他们怎会抓到他呢？
掩盖你的踪迹。

当你考虑后事，
记得别立墓碑，别暴露你躺在哪里，
要有一句清楚的铭文表示那不是你，
也不可走漏你死于哪一年。
再说一遍：
掩盖你的踪迹。

（这就是他们告诉我的。）

1926

我知道我需要什么[1]

我知道我需要什么。
我望一望镜子
就知道我必须
多睡;我身上那个人
没给我带来什么好处。

如果我听见自己唱歌,我说:
我今天高兴;这对
皮肤有好处。

我花气力保持
清新和结实,但
我不应尽力:那会
制造皱纹。

我没什么可拿出去的,但
可将就着过日子。

---
1 组诗《一位读者给城市居民的十首诗》之四。

我吃得很小心;我活得
很慢;我
喜欢平淡。

(我看见人们这样尽力。)

1926

当我跟你说话[1]

当我跟你说话
冷冷地不带感情地
使用最乏味的语言
望也不望你一眼
(我似乎没认出你,
对你特殊的性格和难缠无动于衷)

我只是像现实本身
一样跟你说话
(清醒,不在乎你特殊的性格,
厌倦你的难缠)
而你似乎没看出来。

1927

---

1 组诗《一位读者给城市居民的十首诗》之十。

有那么一些人[1]

有那么一些人,他们搬到半条街外,

他们走后那些墙被粉刷一遍,

再也没见到他们。他们

吃别的面包,他们的女人

躺在别的男人身下,发出同样的叹息。

在清新明亮的早晨,面孔和内衣裤

还像往日那样从同样的窗口

探出来。

1926

---

1 组诗《属于一位读者给城市居民的诗》之四。

了解

我能听见你说:
他大谈美国,
却对它一无所知,
他从未去过那里。
但请你相信我,
你完全了解我,当我大谈美国,
而美国最了不起的事情是
我们了解它。

亚述人的写字板
只有你一人了解
(当然是一门死生意),
但难道我们不该向
一个了解如何使自己
被别人了解的民族学习吗?
你,我亲爱的先生,
无人了解,
但我们了解纽约。
我告诉你:

这些人了解自己正在做什么
所以大家都了解他们。

1926—1927

芭芭拉之歌[1]

我还是个单纯小女孩的时候——
因为我也曾经像你一样单纯——
我想：也许有一天会来一个人，
那时我就必须懂得怎么做。
如果他有钱，
如果他是个英俊青年，
如果他平日衣服的领子白如雪，
如果他懂得如何对待一位姑娘，
那我就会对他说："不。"
因为你必须谈论天气。
永远不要流露你的感情。
月光将一如既往彻夜照耀；
那船当然会系在岸上。
但它最多就去那么远。
　　啊，一个姑娘承受不起把自己变得太廉价！
　　啊，一个姑娘必须把她的男人管好。
　　否则什么事情都有可能发生！

1　本诗来自戏剧《三毛钱歌剧》。

嗯，唯一的回答是：不。

第一个男人，他来自肯特，

男人应具备的他都具备。

第二个在海港里拥有三艘蒸汽船，

第三个对我痴迷癫狂。

既然他们都有钱，

既然他们都是英俊青年，

而且他们平日衣服的领子都白如雪，

既然他们都懂得如何对待一位姑娘，

于是我对他们都说："不。"

所以我就谈论天气，

永远不流露我的感情。

月光一如既往彻夜照耀；

那船当然是系在岸上。

但它最多就只能去那么远。

  啊，一个姑娘承受不起把自己变得太廉价！

  啊，我必须把我的男人管好。

  否则什么事情都有可能发生！

  嗯，唯一的回答是：不。

可是在一个美好的早晨，当天空湛蓝，

来了一个男人，他不叹息

而只是把他的帽子挂在我卧室的钉上，
而我任由他，也不知道为什么。
由于他没钱，
由于他不是英俊青年，
而且就连他礼拜日的领子也不是白如雪，
由于他不知道如何对待一位姑娘，
所以我不能说不。
于是我不谈论天气，
我流露我的感情。
啊，月光一如既往彻夜照耀；
但那船已松开了，离开了岸边，
一切都必须如此！

　啊，有时候一个姑娘必须使自己变得廉价！

　啊，有时候她不能管好她的男人。

　但话说回来，什么事不会发生呢！

　况且根本来不及说不。

1927

好生活谣[1]

我听过有人称赞那些单纯的心灵,
他们空着肚子证明他们为知识而活,
住在老鼠横行、曾经用来储藏饲料的棚屋。
我绝对支持文化,但有些界线。
简朴生活对那些适合它的人来说很好。
我不是会被这种生活吸引的人。
从这里到哈利法克斯没有一只鸟
会叼起如此难以下咽的果实。
　自由有什么用?在一个像这样的世界
　只有富人才知道什么是生活。

那些闯劲十足的人活蹦活跳,
仅仅为了乐趣而拿脖子去冒险,
然后大摇大摆回家,不慌不忙写回忆录,
费力把故事搬上星期日报纸——
你真应该瞧瞧他们夜里被冻成什么样子,
郁郁难眠,与寡欢的妻子缩在冷湿的床上,

1　本诗来自戏剧《三毛钱歌剧》。

瞧他们怎样梦想取得成功,
看见他们的未来延伸到视野之外——
　　现在告诉我,谁愿意选择过这种混账日子?
　　只有富人才知道什么是生活。

他们应有尽有。我知道我缺乏,
应该加入他们,风光地与世隔绝,
但是当我再仔细想一想,
我便告诉自己:朋友,你玩不起这个。
受苦使人尊贵,但也使人丧气。
荣耀的道路只通向坟墓。
你曾经贫穷又寂寞,智慧又勇敢。
还是设法把裤带勒紧些吧。
　　对幸福的追求可归结为这个:
　　只有富人才知道什么是生活。

1928

人类保持活力全赖其兽性行为[1]

你们这些以为自己有责任净化
我们这致命七宗罪的先生们
应首先搞清楚食物的基本位置
然后才布道：那才是开始的地方。
你们这些宣扬克制并注意你们的腰围的人
应时刻搞清楚世界怎样运作：
无论你怎样扭曲，无论你怎样说谎，
食物是头等大事。然后才是道德。
因此当我们切肉时，要首先确保
那些现在挨饿的人获得适当帮助。
　是什么使人类保持活力？是数百万人
　每天被拷打、窒息、惩罚、封口、压迫。
　人类能够保持活力是多亏它出色地
　保持对其人性的压制。
　你们必须学会哪怕一次不回避事实：
　人类保持活力全赖其兽性行为。
你们说姑娘们可以在你们允许下脱衣服。

---
[1]　本诗来自戏剧《三毛钱歌剧》。

你们划分艺术与罪的界线。
所以请首先搞清楚食物的基本位置
然后才布道：那才是开始的地方。
你们这些靠你们的欲望和我们的厌恶生活的人
应时刻搞清楚世界怎样运作：
无论你怎样说谎，无论你怎样扭曲，
食物是头等大事。然后才是道德。
因此当我们切肉时，要首先确保
那些现在挨饿的人获得适当帮助。
　是什么使人类保持活力？是数百万人
　每天被拷打、窒息、惩罚、封口、压迫。
　人类能够保持活力是多亏它出色地
　保持对其人性的压制。
　你们必须学会哪怕一次不回避事实：
　人类保持活力全赖其兽性行为。

1928

不道德收入谣[1]

有段时间,已经很遥远了,
我们狼狈为奸,我和她。
我出脑,她出奶子。
我保护她,她照顾我——
算得上一种生活,如果不能说最好。
当一个顾客来了,我溜出我们的床,
殷勤待他,然后去喝一杯,
当他付钱我会跟他说:先生,
什么时候想上她,您随时都可以来。
那些日子已经过去,但我愿意付出多少啊,
要是能够再见我们一起生活的窑子。

就是那个时候,已经很遥远了,
他很甜蜜,在会疼的地方撞我。
当现金用尽,一毛不剩,
他会跳起来说:我要拿你的裙子去典当。
有裙子当然更好,没有也没什么。

---

1 本诗来自戏剧《三毛钱歌剧》。

就像他不要脸,他也把我折腾得够惨,
我问他究竟以为自己在干什么,
他就一脚把我踢下楼梯。
几年间我的青肿此消彼长。
那些日子已经过去,但我愿意付出多少啊,
要是能够再见我们一起生活的窑子。

就是那个时候,已经很遥远——
不是说那些残忍的日子似乎有了改善,
那时我们只有下午可以在一起
(我说过了,她通常都被预订了。
一般是在夜里,但白天也照做。)
有一次我怀孕了,医生这么说。
所以我们在床上颠倒位置。
他以为他的体重可以把我压流产。
但最后我们把那东西冲到下水道里去。
这不可能长久,但我愿意付出多少啊,
要是能够再见我们一起生活的窑子。

1928

所罗门之歌[1]

你看到英明的所罗门,
你知道他下场怎样。
对他来说复杂事物似乎很简单。
他诅咒他诞生的时辰。
并发现一切都是虚荣。
所罗门是多么伟大和智慧!
 然而世界不能等待,
 很快一切就真相大白。
 是智慧使他陷入这状态——
 一无所有的人多幸运!

你看到可爱的克娄巴特拉,
你知道她结果怎样。
两个皇帝做奴隶来服侍她的欲望。
她荒淫至死,无人不知,
然后腐烂并化为尘土。
巴比伦多么美丽!

---
1 本诗来自戏剧《三毛钱歌剧》。

然而世界不能等待,

　　很快一切就真相大白。

　　是美丽使她陷入这状态——

　　一无所有的姑娘多幸运!

接着你看到勇敢的恺撒,

你知道他结果怎样。

他们在他活着时神化他,

但还是照样把他杀了。

当他们举起那把致命刀,

他多么大声地喊道:"你也……我的儿子!"

　　然而世界不能等待,

　　很快一切就真相大白。

　　是勇敢使他陷入这状态——

　　一无所有的人多幸运!

1928

人类行为不够格之歌[1]

人类靠脑袋生活,
其脑袋看不穿人类。
看看你自己的吧。它养活什么?
至多是一两只虱子。
  为应付这荒凉的存在
  人总是不够聪明。
  因此他对所有诡计和骗术
  抵抗力才如此弱。

那就给你自己订个计划,
使他们对你依赖有加!
然后给你自己订第二个计划,
然后把整件事情抛掉。
  为应付这荒凉的存在,
  人总是不够坏,
  尽管他那锲而不舍
  确实也蛮可爱。

---

[1] 本诗来自戏剧《三毛钱歌剧》。

那就追求幸福，
但别追求得太快。
当大家都追求幸福，
幸福最后才来。
  为应付这荒凉的存在
  人总是不够缄默，
  他所有喧嚣的坚持
  都是一大堆瞎扯。

人反而可以善良，
所以给他脑袋一拳。
如果你可以狠狠揍他，
他也许就会保持善良然后死去。
  为应付这荒凉的存在，
  人总是还不够善良。
  别期待协助。
  给他脑袋一拳。

1928

不公正[1]

一定要豁免起诉不公正:
很快它将冻死,因为它冷透了。
想想这暴风雪和这黑暗的混乱,
这响彻整个世界的痛苦的呼喊。

1928

---

1 本诗来自戏剧《三毛钱歌剧》。

相爱者[1]

瞧那些野鹤绕着大圈盘旋!
它们下面又轻又柔的云朵
开始跟着它们飘浮,当它们离开旧生活
朝向新生活。就这样,它们飞翔
在同样的高度,以同样的匆忙升腾,
双方似乎都只是偶然相遇。
云层和野鸟竟然可以这样飞翔
分享它们如此迅速掠过的天空,
使得任何一方都不徘徊在这片晴朗中
并且任何一方都什么也看不到除了另一方
怎样在它们双方都能感到擦身而过的风中摇荡,
而现在它们已并排着在风中飞翔。
看来那风会轻易把它们吹进虚无里,
如果它们任何一方都不改变或走散
也就没有什么会有力量碰到它们,
它们也就不会在乎被逐离所有这些
风暴在威胁或枪声在回响的地方。

---

[1] 本诗来自戏剧《马哈哥尼城的兴衰》。

就这样,在太阳和月亮那几乎一模一样的圆盘下
它们飞走,彼此相合相交。
去哪里呢?……不知道……远离谁呢?……你们全部。
那是相爱的一对。
你也许会问:它们在一起多久了?……一会儿。
这之后它们会怎样?——各走各的。
看来是爱牢牢维系着相爱者。

1928/1929

一切新事物都好过旧事物

我怎么会知道,同志,
今天建好的房子
有一个目的并且正在被使用?
知道那些与街道其余部分构成冲突的
崭新建筑对我是如此一种惊艳,
尽管我不知道它的意图?

因为我知道:
一切新事物
都好过旧事物。

难道你不同意:
一个穿上干净衬衫的男人
是一个新男人?
刚洗过澡的女人
是一个新女人。
同样新的
是在一个乌烟瘴气的房间里通宵的谈话中,发言人
开始发表新言论。
一切新事物

都好过旧事物。

在不完整的统计数字中,
毛边书中,新出厂的机器中,
我看到你们早上起床的理由。
那个在新图表上
把一条新线划过一个白格的人,
那些切齐一本书的纸页的同志,
那些给机器第一次倒油的
快乐男人
他们全明白:
一切新事物
都好过旧事物。

这群肤浅的乌合之众,为新玩意疯狂,
他们从未把鞋底穿破,
从未把一本书读完,
老是忘记自己的想法,
而这是世界的
天然希望。
即便不是,
一切新事物
也依然好过旧事物。

1929

下坡路[1]

别问,兄弟,
你的路通往哪里。
你的路通往
下坡。

当你一岁大时,兄弟,
你开始走路,
你走——
下坡。

你走去上学,
你走去工作,
你走得很轻松,
你走得很吃力,
兄弟,别走太快,
你在走下坡。

你娶了老婆,兄弟,

---

[1] 本诗来自戏剧《面包店》。

你和她有了孩子,
你和她一起走
下坡。

然而,在礼拜天,你和兄弟们走在行列里,
唱着歌,把旗举在你前面,
你跟着鼓声的节奏走
下坡。

我们一起游行过,兄弟,
我们一起示威过,
我们谈过新时代,
我们分散。
我们会
在哪里相见?
在下面。

因为就连你,兄弟,
也不会永远走
下坡路。
当你躺在尘土下面,
你就再也不用走下坡。

1929/1930

危机时期
(*1929—1933*)

但即使在我们下面[1]

但即使在我们下面也还有

更下层

更下层下面似乎

还有

更下层,甚至

我们这些不幸者

有一天也会被别人

称为

幸运。

1929/1930

---

1 本诗来自戏剧《面包店》。

给女演员卡罗拉·内尔的建议

清新你自己，姐妹，
用铜碗里的水，加点冰——
在水下睁开眼睛，洗它们——
用粗毛巾擦干，然后瞄一眼
你喜欢的某本书。
就以这种方式
开始美好而有用的一天。

1930

当你离开世界[1]

要做到当你离开世界
不仅你是好的,而且留下
一个好世界。

1930

---

[1] 本诗来自戏剧《屠宰场里的圣女贞德》。

一张过夜的床

我听说在纽约

在第二十六街和百老汇的拐角

冬季几个月里总有一个男人每天晚上站在那里

为了给无家可归者弄来几张床

而向过路人呼吁：

这不会改变世界，

这不会改善人与人之间的关系，

这不会缩短剥削的时代，

但几个人有一张过夜的床，

使他们夜里免受寒风吹袭，

使要侵害他们的大雪落在路面上。

读到这里别搁下你的书，老弟。

几个人有一张过夜的床，

使他们夜里免受寒风吹袭，

使要侵害他们的大雪落在路面上，

但这不会改变世界，

这不会改善人与人之间的关系,
这不会缩短剥削的时代。

1931

学习赞[1]

学习最简单的事物！对那些
即将大展身手的人
这绝对不晚！
学习你的ＡＢＣ，这当然不够，
但要学习它们！别灰心丧气，
开始吧！你必须了解一切！
你必须取得主导权！

学习，长凳上的流浪汉！
学习，服刑的人！
学习，厨房里的主妇！
学习，七十岁的老翁！
回教室去，无家可归者！
累积你的知识，冻僵者！
饥饿者，拿起书来：它是一件武器。
你必须取得主导权。

1　本诗来自戏剧《大胆妈妈和她的孩子们》。

别害怕问问题,兄弟!
别只听别人说,
要亲自去看!
你自己不知道的
你就不知道。
把账单看清楚,
因为付钱的是你。
学会用手指指着每一个物件,
问:它是怎样来的?
你必须取得主导权。

1931

补丁和外衣之歌[1]

如果你看到我们外衣破烂,

你就走过来抱怨:"这不够好。

我们得赶紧救他,

尽我们所能帮他。"

于是你去拉住我们老板,

而我们在附近徘徊和发抖,

然后你回来,兴高采烈地开始炫耀

你终于为我们争取到了什么:

只是一些充数的补丁。

　没错,我们得到补丁。

　我们需要的是

　整件新外衣。

如果你听见我们在饥饿中呼喊,

你就走过来抱怨:"这样不够好。

我们得赶紧救他,

尽我们所能帮他。"

---

[1] 本诗来自戏剧《母亲》。

于是你去拉住我们老板,
而我们一边等待一边摸着肚子,
然后你回来,兴高采烈地开始炫耀
你终于为我们争取到了什么:
一片走味的面包皮。
　　没错,我们得到一片走味的面包皮。
　　我们需要的是
　　整个新面包。

我们要的不只是补丁,
我们必须要一件全新的外衣。
我们要的不只是一片走味的面包皮,
我们必须要整个新面包。
我们要的远不只是找到一份活儿,
我们必须要全部的工厂,
还有煤矿和钢,
还有控制国家。
　　没错,这就是我们必须要的,
　　但你
　　给我们什么呢?

　1931

在人类所有劳动成果中

在人类所有劳动成果中我最喜欢
那些被使用过的东西。
有凹痕和边缘磨平的铜壶,
木柄被很多手握滑了的
刀和叉:这样一些形状
我觉得最可贵。还有旧房子周围
那些被很多脚踩过的石板,下陷,
缝里生出一撮撮青草儿:这些
都是快乐的劳动成果。

它们专注于服务人群,
时时得变,改善它们的形状,由于经常被欣赏
而日益显得珍贵。
就连断了手的
破雕塑,也让我爱惜。它们
对我也是活生生的。它们被扔了,然而已被搬动过。
它们被撞倒了,然而它们从来就站得不太高。

半废的建筑物又再呈现了

已慷慨计划好、等待被完成的
建筑物外貌：它们适当的比例
已可以猜到，但它们仍然
需要我们理解。与此同时
它们已服务过，事实上已物尽其用。这一切
都令我愉悦。

1932

创造耐久作品的愿望并非总是值得欢迎[1]

创造耐久作品的愿望
并非总是值得欢迎。

那对未出生者说话的人,
常常不为他们的出生做任何事情。
他还未战斗就希望胜利。
他看不到敌人,
只看到遗忘。

为什么每阵风都必须永存呢?
一句表达得很好的话也值得注意
只要它起到很好作用的场合
还能再出现。
有些经验以完美形式传承下来
丰富人类,
但丰富也会变得过度。
不仅经验

---

1 组诗《关于建设永久工程的方式》之三。

而且对经验的回忆也会使人苍老。

因此创造耐久作品的愿望
并非总是值得欢迎。

1932

赞成世界谣

1
我不是不公正,但也不是勇敢:
今天他们把他们的世界指给我看,
我只看到那根血淋淋的手指
便忙不迭说我喜欢世界这个样子。

2
在他们的棍子下,我面对他们的世界,
从早晨站到晚上,对所见作出判断。
看到屠夫似乎适合做屠宰工作,
对"你喜欢这个吗?",我回答"那当然"。

3
从那一刻起我表明态度:
做懦夫好过进坟墓。
为了避免任由他们支配
我坚持赞成我不能赞成的。

4
我看到庄稼和牟取暴利的地主。

人们两颊凹陷,脱下帽子。
我试吃小麦,对所有听得见的人说:
太棒了——有点儿贵,也许。

5
然后是工业家们:亏损实在大,
他们只能为三分之一的人找到活干。
我对另外三分之二说:最好去问老板,
我对经济一无所知。

6
我看到他们的军队喜欢枪多于黄油,
计划着要杀哪个抢哪个。
我一脚踩进阴沟高呼:
应该表扬,他们精通本行!

7
代表们对饥饿的选民说,
很快他们就会改善一切——
我说他们是出色演说家,说他们不是
故意说谎,他们只是说错话。

8
看到公务员,脸青眼绿,忙于
维持运转那台庞大的脏机器,
终日欺软怕硬收入却如此微薄,
我真心希望他们腰包有所增厚。

9
警察当然不可以感到被遗弃。
我给他们,此外还有那位警长
一条雅致的毛巾去擦他们的血手,
好让他们知道他们不是处处被拒。

10
那个确保财产受保护的法官
让他的长袍遮盖鞋上的血斑,
我不能侮辱他,否则我会被驱逐,
但如果我不这样我就不知道做什么。

11
我说:这些先生不可以
用任何数目收买,在一天任何时候
去执行法律和维持公道:
这是不容更改的,你说不是吗?

12
我看到身边一群暴徒在虐待
老婆和孩子,老人和瘸子,
我还看到他们挥舞棍子。
所以他们不是暴徒:他们有别的名字。

13
与出身低下者斗争,以阻止我们
分享他们的苦命的警察
有太多事情可做。如果他们保护我
使我免受抢劫,我会把所有东西都给他们。

14
嗯,现在我已向你证明我没有恶意,
我希望你换一个角度看问题,
同时我承认我完全支持他们,
那些各报纸都没什么好话说的人——

15
新闻记者。他们利用受害者的内脏
来涂写文字:杀人者没杀人。
我把最新印刷的细节递给你
并说:写得多好;你该看看。

16

那位作者让我们读他的《魔山》,

他在书中所写的(为钱)都深思熟虑。

他所隐瞒的(免费):这才是真货。

我说他是有眼无珠,而不是被收买。

17

那个生意人,向所有人保证

"真正发臭的不是我的鱼而是我",

他自己可不吃臭鱼。我会培养他,

希望他也认为我可以卖掉。

18

那个几乎被脓疱吞掉并以他

不应有的钱买了一个姑娘的男人——

我温暖地按着他的手,不忘

跟他说:真感谢你让她活下来。

19

医生们呵退穷病人,如同

垂钓者把太小的鱼扔回去,他们

我不能回避,于是在他们的长榻上

躺下我多病的身体,任由他们摆布。

20

工程师们想出大批量生产

来榨取工人们的精力——

我赞美他们技术完美。

如此精湛,我忍不住流泪。

21

我看到老师们,那些可怜的鞭打者,

把自己的形象强加给年轻人。

他们向国家拿工资就是因为这个。

不这样就得挨饿。你责怪他们?闭嘴吧!

22

我看到踏入青春期的孩子,

看上去像六岁,讲话像七十岁。

这就是人生,我说。对那个隐含的问题

为什么会这样?我回答:啊哈,这下你把我难倒了。

23

教授们用威严的说辞

来容忍逼他们就范的暴徒——

用经济危机的谈话来包装犯罪——

谁也不能说他们比我的预期更坏。

24

学问除了增加我们的知识
也平添我们的苦恼,
它值得像宗教那样受尊重,因为
宗教增加无知并没有减少受尊重。

25

就此打住。牧师们与我关系密切。
他们在战争和屠宰中守护我们头上
那柱信仰爱和仁慈的火焰:
这足以无愧于他们的名字。

26

我看到一个崇拜上帝又牟利的世界,
听到饥饿高呼:给点什么!看到两根
粗短的手指指向上苍。
就说:原来是你啊,那里一定有点什么。

27

我的朋友格奥尔格·格罗茨笔下头尖如子弹的人——
你从他的画里知道他们——看上去好像
就要把人类的喉咙割开。
对他们的计划我赞成又信赖。

28
我看到杀人者,还有受害者,
并且,虽然没有勇气但不乏同情,
看到杀人者挑选受害者,
于是叫道:我衷心赞成!

29
我看见他们来了,看见屠夫齐步前进,
很想大吼一声"住手!",但鉴于同时
我知道他们的特务就在我身边盯着,
于是我听到自己的声音对他们大喊:"嗨尔[1]!"

30
由于贫困和卑劣使我寒不胜寒,
我的笔静默了;时代在前进
然而你那肮脏世界里所有的肮脏,
我知道,也包括我赞成。

1932

---

[1] "嗨尔"是纳粹敬语。

我长期寻找真理

1
我长期寻找人们一起生活的真理。
那生活交织、纠结,难以了解。
我努力了解它,而当我了解它,
我说出我找到的真理。

2
当我说出那如此难以找到的真理,
它是一个普通真理,很多人说过
(而且并非每个人都那么难以找到它。)

3
之后不久,人们大群大群地抵达,拿着交给他们的手枪,
并盲目向周围所有那些穷得戴不起帽子的人开枪,
而所有那些如实说出他们和他们的雇主的真相的人
则在我们半共和国的第十四年被他们赶出国境。

4
他们拿走我的小屋和我的汽车
那是我辛苦工作赚来的。

（我得以保住我的家具。）

5
当我越过边境我想：
我比需要房子更需要真理。
但也需要房子。从此以后
真理对我来说便像一座房子和一辆汽车。
而他们拿走它们。

1933

女演员[1]

她多变又始终如一,然而
并不因为感到脚下土地不同而失望。
如果风扮演敌人并粗暴地抓住她的头发,
她只说:那是很多命运相同者的头发。

这是弗拉索娃,你们驱逐的女人;
阿瑟的母亲,穿着红袜子,仍随时准备跃起。
即使在俄狄浦斯时代她也给他带来幸存者已所剩无几
　的消息;
这个在沼泽地唱着歌洗你们内衣裤的寡妇。

所以我知道一切并及时把真相说出来,
而我大喊你们竟以这种方式对待我们,
我将教饥饿、严寒和痛苦
怎样尽快把你们赶走。

1933

---

[1] 此诗是写布莱希特妻子、女演员海伦妮·魏格尔,她在流亡期间十多年没演戏,但平时依然苦练,做好准备。诗中提到的人物,都是她流亡前在多部布莱希特导演的戏剧中扮演的角色。

我不需要墓碑

我不需要墓碑,但是
如果你需要为我立一个
我愿意它刻上这些字:
他提出建议。我们
把它们落实。
这样的铭文将使
我们大家都增光。

1933

德国

　　　　　让别人说他们的羞耻,
　　　　　我说我自己的。

德国啊,苍白的母亲!
你多么肮脏,
当你坐在各民族中间。
在污秽者当中
你特别瞩目。

你最贫穷的儿子
被击倒在地。
当他饿得发慌
你别的儿子们
就举手打他。
这是人所共知的。

他们这样举起手来
举起手来打自己的兄弟,
还无礼地在你面前昂首阔步,

当着你大笑。
这是家喻户晓的。

在你的屋子里,
谎言喧腾。
但真理
必须沉默。
是这样吗?

为什么四面八方的压迫者称颂你,但
被压迫者却控诉你?
被剥削者用手指指着你,但
剥削者却大赞在你屋子里
发明的制度。

与此同时所有人都看见你
藏起你裙子的褶边,那上面
沾着你最好的儿子的
鲜血。

听见你屋子里传出的演说,人们就大笑。
但无论谁看见你,就伸手去拿刀,
如同看见盗贼走近。

德国啊，苍白的母亲！
你的儿子们对你做了什么
使得你坐在各民族中间
变成嘲笑和害怕的对象！

1933

我做富人的时候

我一生中做了七个星期的富人。
我用一部戏赚来的钱买了
一座带有大花园的房子。我曾花了几个星期
打量它,比我住进去的时间还多。在白天不同时间
和夜里不同时间,我会从它旁边走过
看那些老树如何在黎明的微光中高耸在草地上,
或在下雨的早晨看池塘里怎样游动着满身苔藓的鲤鱼,
在正午看炎阳下的篱笆,或
在黄昏看晚祷钟声响起之后的白杜鹃。
然后我和朋友们搬进去。我的汽车
停在冷杉树下。我们到处看。无论你站在哪里
都望不到花园四面的尽头,草地的斜坡
和一片片树丛的遮挡使篱笆互相望不见。
房子本身也很美。高贵木材做的楼梯
有处理得很专业的竖板和宽阔的踏板和比例适中的扶手。
粉刷的房间镶着天花板。巨大的铁炉
形状优雅,有金属镂刻的风景:农民在干活。
一道道厚门通往摆着橡木桌椅的凉爽大厅,
铜制门把柄都经过精心挑选,褐色房子周围的扁石

被以前住户的脚步磨得又光
又滑。何等满意的协调!每个房间都不同,
一个比一个好。它们一天里怎样发生不同变化!
它们随着季节发生的变化肯定非常精妙,
尽管我们没机会体验,因为
在享受了七星期真正的富人生活之后,我们离开那物业;不久
我们就逃出国境。

1934

读《我做富人的时候》有感

拥有物业的快乐在我身上非常强烈,而我也很高兴
有这种感觉。在我的花园里漫步,与客人们
讨论建筑计划,如同以前我这一行的其他人那样,
实在令我眉飞色舞,我承认。但现在看来,七个星期
似乎也够了。
我离开时没有遗憾,或只有一丝儿遗憾。写这首诗时
我发现已很难记起什么。当我扪心自问
为了维持这个物业我准备说多少谎时,
我知道不是很多。因此我希望
拥有这个物业并不坏。这绝不是
一件什么小事,但
还有更大的事。

1934

流亡初期
(1934—1938)

临终的诗人致年轻人

你们未来的年轻人,
尚未建设的城市上空新黎明的
年轻人,还有那些
仍未出生的人,请听
我的声音,一个死去和死得
并不光荣的人的声音。

但是
就像一个没好好种田的农民,
又像一个做了椽而没盖屋顶
就一走了之的懒惰木匠。

我就这样
浪费我的时光,糟蹋我的日子而现在
我必须要求你们
说一切没说的话,
做一切没做的事,并迅速
忘记我吧,这样
我的坏榜样才不会引你们走上歧途。

啊,为什么我
跟那些不事生产的人共坐一桌,
还跟他们共享那些不是他们做的饭菜?

啊,为什么我
把我最精彩的话跟他们的
闲聊扯在一块?而外面
没上过学的人到处走动
渴望有人指导。

啊,为什么
我的歌声不是从那样一些地方升起,
那里城市得到滋养,那里他们造船;为什么
我的歌声不是像烟一样,从快速行驶的火车头
升起,留在背后的天空里?

因为对那些从事创造并且有用的人来说
我的谈话
就像嘴里的灰土和醉鬼的胡诌。

我一个字
也给不了你们,未来世代的你们,

我一个示意也给不了，用
我那不确定的手指，因为哪有一个人
能给别人指
他自己也没走过的路？

因此我，如此浪费一生的人，
能做的，就是告诉你们
不要服从我们腐烂的口中
发出的哪怕一个命令，不要听
那些如此彻底失败的人的
任何建议，而是要
自己决定什么对你们才是好的，
什么才能够帮助你们
耕种被我们荒废的田地，
并使被我们毒害的城市
变成人们居住的地方。

1933?

买橙子

在黄雾里,沿着南安普敦街,
突然冒出一辆手推水果车,灯光下
一个丑老太婆用手指抚弄一个纸袋。
我站在那里,吃惊得不能说话,如同一个人
见到一直寻找的东西突然出现在眼前。

橙子!永远如同旧时的橙子!
我在寒冷中往双手里哈气,
并在口袋里寻找硬币想买。

但是当我手里攥着几个便士,
再细瞧那用肮脏的粉笔
写在一张报纸上的价钱,
我发现我轻轻吹起口哨,
苦涩的真相立即大白:
在这城市你我身价都不一样了。

1934

李树

院子里有一株小李树,
小得简直不像一棵树。
然而它在那里,用栏杆围着,
以防被人踩扁。

它已经充分成形了,又低又瘦。
啊,是的,它还想长高,它渴望
那达不到够不着的——
阳光实在太少。

一株不结果的李树,
说起来你不相信。
但它照样是一株李树,
看它的叶子你就知道。

1934

金钱振奋人心的影响之歌[1]

1

人们老是说金钱肮脏,

但你一缺少这世界便成了寒冷的地方。

而要是你付得起,且有大量金钱

作支持,就完全是另一回事。

那时你就不必感到自己被欺诈,

一切都沉浸在一片玫瑰色光亮中

温暖你目光所及的一切事物,

该给谁多少就给他多少。

阳光铺展到地平线上。

瞧那炊烟吧;又生火了。

 那时一切都变得要有多不同就有多不同。

 有了更长远的眼光。心跳得更有力。

 吃适当的食物。看上去也聪明多了。

 你这人也完全是个截然不同的人。

2

啊,你们是多么令人绝望地错了,

---

[1] 本诗来自戏剧《圆头党和尖头党》。

要是你们以为金不金钱无所谓。
贫瘠的农田产生不了火腿，
当水泵无端地严重损毁。
现在人们能拿到多少就紧抓不放。
生活还不算太糟，还能忍受，
只要不至于饿坏，
但已变得残暴又冷酷。
父亲、母亲、兄弟会再踹上一脚。
瞧，没有炊烟了；火已经熄灭。
　一切都爆炸，有人扔燃烧弹，
　打砸抢是常态；这是一场灾难。
　每一个小仆人都以为自己是主人，
　世界是一个非常痛苦的世界。

3
这就是一切尊贵和辉煌人事的结局，
人们迅速把它当作垃圾勾销，
因为空着肚子穿着破鞋
谁也没条件大出风头。
他们不要好东西，他们要金钱，
而他们的本能就是刻薄小气。
但是当正义有金钱作支持，
它又有了分清是非的能力。

你那肮脏的小诡计又算什么,
瞧那炊烟吧:又生火了。

　　这时你又开始相信人性:
　　大家都是圣贤,白如石膏。
　　原则愈来愈强大。如同以前。
　　有了更宽广的视野。心跳得更快。
　　你一眼就认出谁是仆人谁是主人。
　　法律又再次是法律。

1934

人类的手工再一次坍塌[1]

曾付出过如此大努力的
人类手工再一次坍塌。
淌过如此多泪,
流过如此多血,这些劳动成果
正摇摇欲坠。

住宅坍塌。此后就只有
霉菌住在里面。瓦解
进入了机器房。黄昏的风
吹过铁路轨道,因为只有风依然造访
那些损毁的起重机和曾经
强大的支架,它们现在
都交给了最后的业主,那
吞噬一切的锈。

牧羊人
绕着铁丝网放牧所剩无几的羊。

---
1 本诗系为一部未完成的戏剧《石油》而写。

农民

再次从泥里拽出铲子,再次是个农民
却是个没有土地的农民,不再是农民。
因为那曾经长庄稼的田野
已变成废物堆,不再长什么。

再一次石头抬起有力的肩膀,
野草再次住进来。灌木丛纠缠。
然而
如果城市里和城市之间需要石油
它将位于野草生长的地方。

不过,你,见过打仗,
见过人类头脑的灵活,见过力量的重击,
见过各方面的努力,现在你知道
不生产石油要付出
多大的努力。

1934

当做坏事像下雨

像一个人把一封要函送到下班后的接待处：接待处已关门了。
像一个人试图警告城市洪水就快来临，但讲另一种语言。
他们不明白他。
像一个乞丐第五次敲一扇门，前四次都有人给他一点东西：
第五次他肚子饿。
像一个人伤口血流如注，等待医生：伤口继续血流如注。

我们也是这样，前来报告有人对我们做了坏事。

最初报告我们的朋友被屠杀时，有人惊呼。然后是一百个人被屠杀。但是当一千个人被屠杀并且屠杀不会停止时，沉默便扩散开来。

当做坏事像下雨，没有人会叫声"停"！

当犯罪开始堆积起来，它们就变得看不见。当痛苦变得难以忍受，呼喊声便听不见。呼喊声也如同夏天的大雨。

1935

在我逃亡的第二年

在我逃亡的第二年,
我在报纸上,在外国语言中读到
我已失去我的公民身份。
我没有悲伤没有高兴,
当我看到我的名字在很多别的名字中间,
既有好人也有坏人。
逃亡者的苦难在我看来似乎
并不比留下来的人的苦难更大。

1935

恩培多克勒[1]的鞋子

1

当阿格里真托的恩培多克勒

已在其同胞中赢得荣誉，加上

老年体衰，

他便决定去死。但由于他

爱某些人，又被他们所爱，

他不想死在他们面前，

而是宁愿消失。

于是他邀请他们去外游，不是每一个，

而是漏掉这个或那个，以便在选择中

和在这次集体行动中

也有偶然因素在起作用。

他们攀登埃特纳火山。

由于爬山艰苦

大家都保持沉默。没人惦念

智慧之言。到山峰上

他们恢复正常呼吸，稳定了心跳，

---

[1] 恩培多克勒（约公元前493—约公元前433），古希腊哲学家、诗人和医生。

便忙于观看景色,很高兴已达到目标。
他们的老师则趁没人注意离开他们。
当他们恢复谈话,最初他们没发现
什么,只是到了后来
才意识到这里那里缺了一句话,于是他们四顾寻找他。
但他早已过了峰顶,
而且不快不慢。有一回
他停下来,远远听到峰顶背后
他们恢复说话的声音。话本身
已完全听不清楚了:那是死的开始。
当他站在火山口
他把脸别过去,不想再知道远处
他已不再关心的事情,于是这老人慢慢弯身,
小心把一只鞋脱掉,微笑着
扔到几步外,这样它便不会
被太早发现,又足够在腐烂前
被找到。这样安排妥当之后,
他才走向火山口。当他的朋友们
自己回家,并在接下来的
几星期和几个月到处寻找他,他的死
便一点一点地开始了,如同他预期的。
有些人还怀着希望,等待他,另一些人
则放弃了,认定他已经死了。还有一些人

把疑问保留下来，等待他回来解答，另一些人

则寻求自己解决。慢如空中的

浮云，不变，只在你不再望它时

逐渐缩小和变淡，等到你再望时

已去远了，也许与其他浮云混合了，

他也是这样以一种普通方式从他们的普通事务撤退。

接着开始传来谣言。

他不可能死，他们说，他不是凡人。

神秘环绕他。有人认为

可能存在着某种超越此世的东西，它会因为某个人

而改变人类活动的进程：他们如此议论。

可这个时候他们发现那只鞋，那只皮鞋，

可触摸，破旧，此世的！留在那里，让那些

即使看不到的人，也立即就相信了。

如此看来他生命的结束

毕竟也是自然的。他像任何人一样死去。

2

然而另一些人很不同地

描述这次事件：事实上这个恩培多克勒

寻求获得被当成神的荣耀，

并通过他的神秘消失，他那无人目睹地

朝着埃特纳火山口

精心布置的一跃,来建立一个神话,也即
他不是人,不受凡人会腐朽的
规律约束。可现在
他的鞋使他露了马脚,落入人们手中。
(有些更进一步,认为火山口本身
对这种做法感到愤怒,于是干脆
把这腐败堕落者的鞋吐出来。)但我们宁愿相信:
如果他不是确实脱下那只鞋,那肯定是他
忘记了我们的愚蠢,没想到我们会这样匆忙
把弄不明白的事情搞得更不明白,没想到我们会这样
宁愿相信
某个荒诞的故事,也不去寻求充分的根据。至于那座山,
它显然不是对任何人的鲁莽感到愤怒,也不是相信
某个凡人想骗取我们来敬他为神
(因为山不相信什么,也不关心我们),
相反,它无非是像平常那样吐火,并把那只鞋
抛给我们,于是乎他那些
已在忙于感到有某种神秘,
事实上已在忙于编造玄奥艰深的形而上学的学生,
手里突然不知所措地拿着那只皮鞋,
可触摸、破旧、此世的。

1935

学习者

最初我在沙丘上建,然后我在石头上建。
当石头塌陷,
我就不再建什么了。
然后我又常常再建,
在沙丘上和石头上,还像以前那样,但是
我学习了。

那些我托他们保管信件的人
把它扔掉。但那些我没在意的人
把它捡回给我。
因此我学习了。

我吩咐去做的事情没人执行。
当我抵达我看到
那是错误的。正确的
已经做了。
由此我又学习了。

伤疤痛了,

天气冷了。
但我常常说：只有坟墓
才会没有什么可教我。

1935

乘客

多年前,当我学习
开车,我的老师要我
抽根雪茄,而如果雪茄在交通拥挤中
或急转弯时熄灭了,
他便会亲自驾驶。还有,
我开车时他跟我说笑,而如果
我因为太专注于驾驶而没笑,他又会
亲自驾驶。我感到不安全,他说。
我,作为乘客,一看到司机
太专注于开车,便吓坏了。

此后,当我工作时
我便小心不太沉溺于工作。
我注意周围各种事物,
我常常中止工作跟人聊天。
开车快得不能抽烟
是一个我已戒掉的习惯。我想起
那个乘客。

1935

剧作家之歌

我是剧作家,我表现
我所见过的。在人口市场,
我看见人怎样被买卖。于是
我,剧作家,把它表现出来。

他们怎样带着诡计或橡皮棍
走进彼此的房间,或他们
怎样带着现金站在街头等待,
他们怎样充满希望
给彼此设陷阱,
他们怎样约定,
他们怎样绞死彼此,
他们怎样做爱,
他们怎样捍卫他们的掠夺品,
他们怎样吃,
我全都表现出来。

他们怎样彼此大声呼唤,我汇报。
母亲跟儿子说了什么,

雇主告诉雇员什么,
妻子回答丈夫什么,
所有恳求话,所有命令,
屈膝,误导,
谎言,无知,
获胜,受伤……
我全都汇报了。

我看见暴风雪登场,
我看见地震亮相,
我看见丘陵阻路,
我看见河流决堤。
但暴风雪戴着帽,
地震口袋里有钱,
丘陵乘坐运输工具而来,
迅猛的河流控制警察。
我揭露出来。

为了学习如何把我所看见的表现出来
我钻研其他人和其他时期的表现。
我改编一两个剧本,恰恰是为了
细察那些时代的技巧和吸取
任何对我有用的东西。

我研究英国人对那些封建时代

大人物的刻画,对那些对他们来说世界

是为他们更充分的发展而存在的富人的刻画。

我研究爱进行道德说教的西班牙人,

印度人,他们是美妙感觉的大师,

还有中国人,他们描绘家庭,

描绘城市里多姿多彩的命运。

我这时代的城市和房子的外观

改变如此迅速,离开两年再回来

就如同去到另一座城市,

很多人的外貌也是

没几年就改变。我看见

工人们进入工厂大门,入口很高,

但是当他们出来他们得弯腰。

于是我告诉自己:

一切都在改变并且只为自己的时代。

所以我给每个背景打上它的识别标志,

给每个工厂和每个房间打上年份烙印,

如同赶牲畜的人给牲畜打上烙印以辨别它们。

还有在那些地方所讲的句子

我也给它们打上识别标志,使它们变得

如同短暂的人的片言只语被记下来
这样它们才不会被遗忘。

那个当年俯身看传单的穿工装服妇女
说了些什么,
经纪们昨天对他们的职员讲话的方式,
戴在他们脑后的帽子,
我都记下
它们短暂的起源年份。

但这一切,哪怕是最熟悉的部分,
我都使它们产生惊愕。
一位母亲给孩子哺乳,
我描述得难以置信。
一个看门人把一个冻僵的男人拒之门外
我表现得前所未闻。

1935

为什么要提到我的名字?

1
我曾经想:在遥远的未来
当我住的房子已经坍塌,
我坐的船已经腐朽,
我的名字仍将和别人一起
被提到。

2
因为我赞美那有用的,而这
在当年被认为是卑贱的;
因为我与所有宗教斗争,
因为我对抗压迫或
因为别的理由。

3
因为我为人民,
并把一切交托给他们,从而尊敬他们;
因为我写诗并丰富语言,
因为我教导怎样做人或
因为别的理由。

4

所以我觉得我的名字仍将被
提到;在一块石头上
我的名字将留下;我将会
从书里被印到新书里。

5

但今天
我承认它会被遗忘。
当已经
有足够面包,为什么还要面包师?
当新的
降雪就快来临,为什么还要赞美
已融化的雪?
如果有未来,为什么
还要过去?

6

为什么
我的名字应该被提到?

1936

经典著作的思想

赤裸裸,一丝不挂,

它来到你面前,不脸红,因为

它很肯定自己的用途。

它不会因为你已经知道它

而苦恼,它所要求的恰恰是

你就该忘记它。

它以

伟大性的傲慢说话。没有仪式

没有介绍

它进来,已习惯于

因为有用途而受尊敬。

它的观众是苦难,而苦难是无时间性的。

寒冷和饥饿密切监视

观众的专心。哪怕是一点儿不专心

也会立即导致他们毁灭。

但不管它摆着多大的主人架子进来

它都表明如果没有观众它就什么也不是,

它将永远不会来也不知道

往哪里去或待在哪里

如果他们不消化它。事实上,
未得到昨日仍是无知的他们的引导
它立即就会失去力量并迅速腐化。

1936

探访被流放的诗人们

在梦中,当他进入被流放的诗人们的
茅舍——它就在被流放的老师们
居住的茅舍隔壁(从那里不时传来
争吵和笑声)——在入口处
奥维德走近,悄声对他说:
"还是别坐下来。你还没死呢。谁知道
你是不是有一天还会回去,并且什么都没变
除了你自己。"但接着,眼神里充满安慰的
白居易走过来微笑着说:"这种严苛
谁都会遭遇,只要他哪怕一次说出不公这个名字。"
他的朋友杜甫柔声说:"你知道,流放
不是抛弃傲气的地方。"但是,更世故的
脏老头维庸凑过来,问道:"你住的屋子
有几个出口?"但丁把他拉到一边,
用力抓着他的臂,低声说:"你那些诗
充满错误,朋友,想想吧
那些集合起来反对你的,都是些什么人!"伏尔泰探身:
"小心保管好你那点钱,否则他们会用饥饿逼你就范!"
"加些笑话进去!"海涅喊道。"那不管用,"

莎士比亚低吼,"詹姆斯上台时
就连我也不得写作。"——"如果你的案件受审
请个流氓做你的律师!"欧里庇得斯谆谆告诫,
"他会知道法网里的所有漏洞。"笑声
还在回响着,突然最黑暗的角落里
有人喊道:"我说你,新来的,他们也能默记
你的诗吗?那些能默记的人,
他们会占优势并逃过迫害吗?"——"他们
都是些被遗忘的人,"但丁轻声说,
"就他们而言,不仅他们的肉体,他们的作品也毁灭了。"[1]
一阵哄堂大笑。没人敢望一眼,因为这位新来者
脸色发白。

1936/1937

---

[1] 指角落里的人所属的那些其作品不及格的人。这里暗示作者是在但丁的带领下探望诗人们。但丁是在介绍情况。

怀疑者

每逢我们似乎找到了
一个问题的答案
我们中就有人解开墙上那幅卷起来的
中国古画,使它垂落
向我们展现坐在凳子上那个
深刻的怀疑者。

我,他对我们说
是怀疑者。我怀疑那件
耗费你那么多天时间的作品是否做得很好。
你说的话如果说得不够好是否还对任何人有价值。
你是否说得好但也许
还无法相信你所说的是真理。
它是否含糊;每一个可能误解
都要你负责。又或者它可以是不含糊的
并表现出事物的矛盾;但它是否太不含糊了?
如果是这样,你说的就没用。你的东西里就没有生命。
你确实是在一连串事件之中吗? 你接受
一切的发展吗? 你发展吗? 你是谁? 你向谁

说话?谁觉得你说的有用?还有,顺便一提:
它是否令人警醒?它可以在早晨被阅读吗?
它是否也跟已有的东西建立联系?在你之前
说出的那些句子是否被应用了,或至少被反驳了?
一切是否都可以经得起经验的证实?
哪种经验?但最重要的,
永远比别的东西更重要的:要是人们相信
你所说的,他们该如何行动?最重要的:人们如何行动?

带着反省,带着好奇,我们细看画卷上
那个怀疑的蓝色男子,互相看了看
然后重新开始。

1937

奥格斯堡[1]

郊区一个春天的晚上。
那庄园的四座房子
在黑暗中显得发白。
工人们仍坐在院子里
黑暗的桌子前。
他们谈到黄祸。
几个小女孩去拿啤酒,
尽管乌尔苏拉女修道院的铜钟已经响起。
她们的父亲穿着衬衫倚着窗台。
他们的邻居在屋子墙头包扎桃树,
穿着破烂的小白衫,在霜冻的夜里。

1937

---

[1] 本诗为《自然诗》第二首。

每年九月

每年九月,当新学期开始,
女人们站在市郊的文具店里,
为孩子们购买课本和练习簿。
她们绝望地从破旧的手袋里
掏出最后几块钱,抱怨
知识的代价如此高。她们完全不知道
那规定给他们孩子的知识
有多坏。

1937

坐在舒适的汽车里旅行

坐在舒适的汽车里旅行
沿着一条多雨的乡村道路
我们看见一个衣衫褴褛的家伙在入夜时分
向我们挥手想搭便车,并深深地鞠躬。
我们有遮盖我们有空间我们继续开车
我们听见我说,用含怨的声音:不,
我们不能让任何人跟我们一起。
我们走了漫长的路,大概是一天的长征,
我才突然感到震惊,被我这个声音,
我这个行为和这
整个世界。

1937

告别

我们互相拥抱。
我的手接触优质的材料,
你的接触劣质的。
拥抱很匆忙,
你正在前往一顿好饭的途中,
我有那刽子手的人马
在追。
我们谈天气谈我们
永久的友谊。任何别的
都会太难受。

1937

引语

诗人金[1]说:
我如何写不朽的作品如果我不出名?
我如何回答如果没人问我?
为什么我要浪费时间写诗,如果它们会被时间淘汰?
我用一种持久的语言写我的建议,
因为我担心它们要过一段时间才会被付诸实行。
要达到大目标,必须有大改变。
小改变是大改变的敌人。
我有敌人。因此我必须出名。

1937?

---

1 金是布莱希特在其散文集《墨子》中对自己的称呼。

被圈定在行之有效的关系网里

被圈定在我那行之有效的关系网里
（一个有弹性的网），我长期避免
认识新人。极度小心不去以强行方式
测试我的朋友们，
也不去把具体职责
分配给他们，
我把自己限制在可能的事情上。
只要我保持不倒下
我就不必期待被提供那不可能的，
只要我不变得软弱，
我就不会遇到软弱。
但那些新人可能
会被其他人欣赏。

1937—1938

油漆工谈论未来[1]

那个房屋油漆工谈论

未来的伟大时代。

树木依然生长。

田野依然产庄稼。

城市依然屹立。

人们依然呼吸。

1938

---

[1] 布莱希特常把希特勒称为房屋油漆工,因希特勒曾做过建筑工,画些装饰性的小图画。

那些把肉从桌上拿走的人

那些把肉从桌上拿走的人
教导人们满足。
那些获进贡的人
要求人们牺牲。
那些吃饱喝够的人向饥饿者
描绘将来的美好时代。
那些把国家带到深渊里的人
说统治太难,普通人
不能胜任。

1937

在墙上用粉笔写着

在墙上用粉笔写着:
他们要战争。
写这句话的人
已经阵亡。

1937

行军的时候很多人并不知道

行军的时候很多人并不知道
他们的敌人正走在他们队伍前。
那个向他们发出命令的声音
是他们的敌人的声音
而那个说到敌人的人
正是敌人本人。

1937

将军,你的坦克很强大

将军,你的坦克很强大
它摧毁森林粉碎一百个人。
但它有一个缺陷:
它需要一个驾驶员。

将军,你的轰炸机很强大。
它飞得比风暴还快运载量比大象还重。
但它有一个缺陷:
它需要一个技工。

将军,人是很有用的。
他能飞他能杀。
但他有一个缺陷:
他能思想。

1938

焚书

当那个政权下达命令,公开烧掉包含
有害知识的书,而牛群被迫
从四面八方把一车车书
拖向篝火,一个被流放的作家,
最好的作家之一,细看
被烧的书目,惊讶地发现
他的著作都不在其中。他愤怒地
奔向他的书桌,给当权者写信。
烧我!他飞快地写道,烧我!难道我的书
不是一直在报告真理吗?而你们竟然
把我当成谎言家!我命令你们:
烧我!

1938

政权的焦虑

1
一个外国人从第三帝国旅行回来后
被问到谁在实际统治那里时,回答说:
恐惧。

2
焦虑地
学者中断讨论来检查
他书房那道薄薄的分隔墙,脸色苍白。教师
辗转不眠,担心
督察员一句脱口而出的含糊话。
杂货店里的老妇
把颤抖的手按在唇上,压住
她对坏面粉发出的愤怒惊叫。焦虑地
医生检查病人喉咙上那道扼痕。
充满焦虑,父母望着孩子们,如同望着叛徒。
甚至垂死者
在与亲人们告别时
也把虚弱的声音放低。

3

但同样地,褐衫党他们自己
也害怕那个不抬起手臂的人
并且一想起那个祝他们早上好的人
就心寒。
那些发号施令者的尖声
充满恐惧如同吱吱叫的小猪
等待那个屠夫的刀,他们的肥屁股
坐在办公椅里焦虑地流汗。
在焦虑驱使下
他们闯入民居搜查厕所,
也是焦虑
驱使他们烧掉整座图书馆。所以
恐惧不仅统治被统治者
也统治统治者。

4

为什么他们如此恐惧公开说话?

5

鉴于那个政权的强大力量,
它那些集中营和酷刑牢房,
它那些吃饱喝足的警察,

它那些受胁迫或腐败的法官,
它那些装满一座座建筑物的
卡片索引和疑犯清单,
你会认为他们用不着害怕
一个单纯的人公开说的话。

6
但他们的第三帝国想起
亚述人塔尔的大屋,那座
传说中的强堡,任何军队也攻占不了它,但
要是有人在里面说出了一句清晰的话
它就瞬间化为尘土。

1937

关于流亡多久的想法

I

别把任何钉敲进墙里,
把外衣扔在椅上得了。
为什么计划四天?
明天你就要回家。

别给那棵小树浇水了。
为什么现在栽树?
它还没有门阶那么高
你就会收拾行李离开。

有人经过就把你的帽檐拉低遮住眼睛。
翻看外国语法有什么用呢?
那召唤你回家的信息
是用你认得的语言写的。

就像白涂料从天花板剥落
(别做任何事情阻止它!)
竖立在边境来防止公正的

那道武力的障碍物

也将倒塌。

II

瞧你敲进墙里的那颗钉：

你觉得你什么时候会回去？

你想知道你内心深处在说什么吗？

日复一日

你为解放而工作。

你坐在你的房间里写东西。

你想知道你对你的工作的想法吗？

瞧院子角落那棵栗树——

你打来满满一罐水浇它。

1937

避难所

一支桨搁在屋顶上。一阵和风
不会把茅草吹走。
院子里竖立柱子
让孩子们荡秋千。

邮差一天来两次,
信件会很受欢迎。
渡轮从松德海峡过来。
房子有四个可供逃走的门。

1937

1938年春天[1]

今天清晨,复活节星期日,
岛上突然刮了一场风暴。
绿化篱笆间堆满了积雪。儿子
带我出去看屋子墙边一株小杏树,
把我从一行诗带走,在诗中
我谴责那些准备战争的人,在战争中
这个大陆、这座岛、我的同胞、我的家人和我自己
都有可能被灭掉。我们默默
把一个大袋子
套在那株冻僵的树上。

1938

---

[1] 本诗为同题诗第一部分。

樱桃贼

某天一大早,在鸡还没叫的时候,
我被一阵口哨声吵醒,走向窗前。
在我的樱桃树上——灰色曙光注满花园——
坐着一个年轻人,穿着补过的裤子
正欢快地摘我的樱桃。看见我,
他点点头,然后用两只手
把一个个樱桃从枝桠间扯下来装进口袋里。
当我又躺回床上,好一会儿
我还能听见他在吹他那首得意的小曲。

1938

关于船难幸存者的报告

当那个幸存者踏上我们岛,

他就像一个已达到目标的人。

我几乎相信当他看见我们

这些赶去救他的人

他立即就可怜我们。

从一开始

他都只关心我们的事情。

他利用他船难的教训

来指导我们航行。他甚至

给我们灌输勇气。谈起那些多风暴的水域

他带着无比的敬畏,无疑

那是因为它们挫败了一个像他这样的人,也因此

它们把很多诡计也暴露了。这知识,

他说,将使我们,他的学生,

成为更好的人。由于他想念某些菜肴,

他也改善我们的烹饪。

虽然他明显对自己不满意,

但他对他自己和我们周围的事情从未

表现出哪怕片刻的满意。但是,

在他和我们一起的全部日子里

我们从未听到他抱怨任何人,除了他自己。

他死于一个旧伤。即使当他躺下来他也

还在测试我们的渔网的新结。所以

他到死还在学习。

1938

论爱的腐烂

你们的母亲带着痛苦分娩,但你们的女人
带着痛苦怀孕。

爱的行为
将不再兴旺。生育依然发生,但
拥抱是摔跤者的拥抱。女人
已抬起双臂防卫
当她们被她们的拥有者搂住。

那乡村挤牛奶女工,以能够
在拥抱中感受快乐
闻名,如今抬起头来鄙视地看着
她那些穿着貂皮大衣的不快乐的姐妹们,
她们以扭动受娇宠的屁股赚钱。

忍耐的泉水
曾为多少代人解渴,
如今恐怖地看着最后一代
如何从它身上大口地喝,脸色阴沉。

动物能做的事情。这些人把它当作一门艺术。

1938

农夫对牛说

(改写自公元前 1400 年埃及农夫的歌)

牛啊,我们神一般的拉犁官,
请顺着我们的意直拉,劳你
别把犁沟扭歪了。
往前走啊,领路官,加油!
我们弯了多少天的腰来收获你的饲料。
允许你自己再加一把劲儿吧,最亲爱的父母官。
当你在吃的时候,就别去烦什么犁沟了:吃吧!
为了造你的棚,啊家庭保护官,
我们用手搬动好几吨的木材。我们
睡在潮湿里,你睡在干燥中。昨天
你咳嗽了,宝贝开路官,
我们都乱成一团。你不会
在播种前就蹬腿儿吧?你这狗!

1938

以痛快的理由被驱逐

我是作为一个富裕家庭的儿子
长大的。我父母在我脖子上
拴一条颈圈,以习惯
被人服侍的方式带大我
并调教我如何差使人。但是
当我长大,环顾四周,
我不喜欢自己阶级的人,
也不喜欢差使人,或被人服侍,
于是我离开自己的阶级,与那些
微不足道的人结盟。

因此,
他们培养了一个叛徒,教他
所有的诡计,而他
把它们出卖给敌人。

是的,我把他们的秘密泄露出来。我站在
人民中间,解释
他们的骗术。我预先说出要发生的事情,因为我知道他们计划的全部内幕。
他们腐败的神职人物的拉丁文
我逐字翻译成普通语言,人们
立即看出那是骗局。他们公正的天平
我把它拿下来,展示
那使诈的砝码。他们的告密者向他们报告说
我坐在那些策划叛乱的
一无所有者中间。

他们向我发出警告,并拿走我
用工作赚来的东西。当我无法改过自新
他们便到处追击我;然而
他们发现
我屋内什么也没有,除了我的作品,它们
揭露他们如何设计对付人民。因此
他们发出逮捕我的通缉令,
指控我有卑劣意见,即是说
卑劣者的意见。

无论我去哪里我在拥有者眼中
都臭名昭著,但那些一无所有者
读了那些对我的指控,便给我提供
匿藏的地方。你,他们说,

是以痛快的理由

被驱逐。

1938

致后代

I
确实,我生活在黑暗的时代!
不狡猾的话是愚蠢的。光滑的前额
暗示感觉迟钝。大笑的人
无非是还没有接到
可怕的消息。

这是什么时代,当
一次关于树的谈话也几乎是一种犯罪
因为它暗示对许多恐怖保持沉默?
那个安详地过马路的人
是不是可能已经越出了他那些
有需要的朋友的范围?

没错,我依然能谋生
但请相信,这纯属偶然。我做的任何事情
都不足以使我有权利吃饱。
我完全是侥幸。(如果运气没了,我也就消失。)

他们对我说：吃吧喝吧！你应该为此感到高兴！
但我怎样又吃又喝，如果我吃的
是从挨饿者那里夺来的，
而我这杯水属于一个就快渴死的人？
然而我又吃又喝。

我也很想有智慧。
在古书里，他们说到智慧：
远离世间的纷争，没有恐惧地
过完你短暂的一生，
还有要避免暴力，
以善报恶，
不满足你的私欲而是把它们忘了，
这就是智慧。
这些我都做不到：
确实，我生活在黑暗的时代。

II
我在混乱时期来到城市，
正当饥饿在那里蔓延。
我在反抗时期跻身于人群之中
也跟他们一起反抗。

我的时光就这么流逝,

那是我在尘世上被赐予的时光。

我在战斗的间歇吃饭,

我在杀人者当中睡觉,

我粗心大意地爱,

我不耐烦地看大自然。

我的时光就这么流逝,

那是我在尘世上被赐予的时光。

我年轻时所有道路都通往泥沼。

我的舌头把我暴露给屠夫。

我几乎什么也做不了。但那些有权势者

没有我就会坐得更安稳:这是我的希望。

我的时光就这么流逝,

那是我在尘世上被赐予的时光。

我们力量单薄。我们的目标

远远地树立在前方,

它清晰可见,尽管我自己

不大可能抵达它。

我的时光就这么流逝,

那是我在尘世上被赐予的时光。

III
你们,将在我们被洪水淹没的地方
浮现出来的人啊,
当你们说起我们的弱点
请你们也记得
你们逃脱的
这黑暗的时代。

因为我们换国家比换鞋还快,
经历一场又一场阶级战争,在只有不公正
而且没有反抗时陷入绝望。

然而我们知道:
仇恨,即便是对卑鄙者的仇恨,
也会扭曲外貌。
愤怒,即便是对不公正的愤怒
也会使声音粗哑。啊,我们
这些想为友善铺设基础的人
自己却不能友善。

但你们,当人终于可以
帮助人的时代来临,

请带着宽容

想起我们。

1938—1939

最黑暗的时代
(1938—1941)

题词

在黑暗的时代
还有歌吗?
是的,还有关于
黑暗时代的歌。

1938—1939

伟大的巴别分娩

当她的时候到了,她退入她最里面的寝室,身边围绕着医生和占卜者。

低语声阵阵。肃穆的男人带着严峻的表情进屋,然后一脸苍白焦虑地出来。美容店的白色化妆品价格倍增。

在大街上人们聚集,从早到晚空着肚子站着。

传出的第一个声音如同筏流工的大响屁,接着一声高呼和平!臭气才开始变浓。

紧接着,血从一块渗水的黑色大理石薄层里喷出。于是更多的声音连续不断地传出,每一声都比前一声更可怕。

伟大的巴别呕吐,那声音听上去像自由!咳嗽,听上去像公正!再放屁,听上去像繁荣!一个哇哇叫的婴儿被裹在一块血淋淋的被单里抱往阳台,在钟声中展示给人民看,他是战争。

他有一千个父亲。

1938

世界唯一的希望

1

压迫是不是像池塘边的苔藓那样古老?

池塘边的苔藓是不可避免的。

也许我所见一切都是自然的,而我有病,想除掉那不能除掉的东西?

我读过埃及人,那些建造金字塔的人的歌谣。他们抱怨他们的重负,并问何时压迫会停止。那是四千年前。

看来,压迫像苔藓,是不可避免的。

2

当一个小孩眼看就要被一辆汽车撞倒会有人把他推到人行道上。

不是他们为之建造纪念碑的善良人推他。

任何人都会把那孩子推离那辆汽车。

但这里有很多人被辗过,很多人经过却不愿这样做。

是不是因为受苦人那么多?难道我们不应因为他们是那么多而更加帮他们吗?我们反而更少帮他们。就连那善良人也经过,之后又依然像他们未经过时那样善良。

3

总之,他们愈是受苦,他们的受苦似乎就愈自然。
谁会去阻止海里的鱼受潮湿?
而受苦人自己也用这种漠不关心对待他们自己,缺乏用善良对待他们自己。
多可怕,人类如此容易忍受现状,不仅忍受陌生人受苦,而且忍受他们自己受苦。
所有那些思考世风如此败坏的人都拒绝呼吁一群人同情另一群人。但是被压迫者对被压迫者的同情是不可或缺的。
那是世界唯一的希望。

1938

腋杖

我有七年不能走一步。
当我去找那位伟大医生,
他问道:为什么要用腋杖?
我告诉他:我是瘸子。

他答道:这不奇怪。
请好好再多试一次。
你跛脚,是因为这些新发明。
那就跌倒吧!在地上爬!

他拿起我可爱的腋杖大笑,
扮了一个鬼脸,
横在我背上折断它们,
把它们扔进火炉里。

嗯,我治愈了:可以走了。
就这么被一个大笑治愈。
不过,有时候,当我看见腋杖
我又会好几个小时一瘸一拐。

1938

玛丽,玛丽坐下来[1]

玛丽,玛丽坐下来,

穿着粉红色小睡袍,

睡袍破旧又邋遢,

但是当寒冷的冬天到来

睡袍照样能包裹她全身,

邋遢不等于破烂。

1938

---

[1] 本诗来自戏剧《伽利略传》。

坏时代的情歌

我们对彼此已无友善感情,
然而我们像任何男女那样做爱。
当我们夜里躺在彼此怀中,
月亮也不如你陌生。

而如果今天我在市场上遇见你,
两人都买鱼,那可能会引发吵架:
我们对彼此已无友善感情,
当我们夜里躺在彼此怀中。

1939

谨慎的后果

我听你说要
在你以前倒车的
同一个地方倒车。那时地面
坚固。
这回你别倒。别忘了
因为你倒过车，
现在那地面有凹沟。再倒
你的车就会陷在那里。

1939

十四行诗之十九

我只有一个要求:你留在我身边。
我想听到你,尽管你爱发牢骚。
如果你聋了我还需要你说的,
如果你哑了我还需要你看的。

如果你盲了我还需要你在我眼前,
因为你是站在我身边的哨兵:
漫长旅途我们还没走到一半,
别忘了我们仍被黑夜包围着。

你那"让我舔自己的伤口"已不成借口。
你那"任何地方"(不是这里)已不成理由,
你将有放松机会,但没得松绑。

你知道被需要的人不能一走了之,
而我迫切需要你,虽然
我说我,但说我们会更准确。

1939

诗歌的坏时代

是的,我知道:只有快乐的人
才被喜欢。他的声音
好听。他的脸好看。

院子里那棵残树
表明土壤贫瘠,然而
过路人因它是残树而羞辱它,
这也无可厚非。

松德海峡里的绿船和飞帆
没人看见地滑翔。在一切当中
我只看见渔民们的破网。
为什么我只记录
一个弓着背走路的四十岁村妇?
姑娘们的乳房
还照样那么温暖呵。

在我的诗歌里,押一个韵
也近乎一种不敬。

我心里觉得

那开花的苹果树很惬意

而那房屋油漆工的演说则很恐怖。

但只有后者

才会驱使我走向书桌。

1939

有那样一些无思想者[1]

有那样一些无思想者,他们从不怀疑。
他们消化非常好,他们判断一贯正确。
他们不相信事实,他们只相信自己。到作出决定时
事实就必须靠边站。他们对自己的容忍
是无边的。争辩时
他们会用警察探子的耳朵听。

这些从不怀疑的无思想者
配得上那些不行动的多虑者。
他们怀疑,不是为了作出决定而是
为了避免作出决定。他们的头
只用来摇。他们用焦虑的面孔
警告沉船的船员水很危险。
在杀人者的斧头下
他们问自己他是否也是人。
他们就未明的局势喃喃细语些什么,然后上床睡觉。
他们唯一的行动是犹豫。
他们最爱说的话是:时机尚未成熟。

1939

---

[1] 本诗是《怀疑赞》一诗的选段。

大胆妈妈之歌[1]

长官们,请你们下令压低鼓声,
好让你们的步兵休息一会儿:
是大胆妈妈驾着马车来了,
装满了鞋工制作的最好皮靴。
看这里到处是爬动的虱子和抢来的牛群,
带着笨重的枪炮和散乱的装备——
你们哪能抽着鞭子逼他们上战场,
除非你们给他们穿上合适的皮靴?

 新年来了。值夜人叫喊。
 解冻开始了。死人依旧。
 无论在哪里,只要生命没消失,
 它又会蹒跚地站起来。

长官们,你们如何让他们面对这个——
没有一瓶酒就奔赴死亡?
大胆妈妈有朗姆酒可增加力量
使他们灵魂肉体都沸腾起来。

---
[1] 本诗来自戏剧《大胆妈妈和她的孩子们》。

他们滑膛枪装满火药，肚子空空，
长官们，你们部下脸色不好。
让他们吃饱，他们就会
死心塌地跟你们下地狱。

　　新年来了。值夜人叫喊。
　　解冻开始了。死人依旧。
　　无论在哪里，只要生命没消失，
　　它又会蹒跚地站起来。

如果你们感到部队正在减少
你们就没机会分享成果。
因为什么是战争呢，如果不是市场交易，
买卖鲜血而不是皮鞋？
我见过一些人挖六尺深坑
匆忙躺下转眼断气。
现在他们已经安息，他们也许会纳闷
他们那样匆忙究竟为了什么。

从乌尔姆到梅斯，从梅斯到慕尼黑，
大胆妈妈保证战争有饭吃。
战争将撑破它圆鼓鼓的短袍，
从每天的铅弹量就能看出。
但铅弹其实没什么营养：

战争必须靠士兵来维生。
它需要你们来使它身强力壮。
战争太饥饿。还不快点征募!

又幸运又危险,
这场战争拖得有点长。
再打一百年或更久:
普通士兵不会受益。
他食物肮脏,没肥皂刮脸,
部队窃走他一半薪水。
但奇迹仍有可能救他一命:
明天又是另一天!
 新年来了。值夜人叫喊。
 解冻开始了。死人依旧。
 无论在哪里,只要生命没消失,
 它又会蹒跚地站起来。

1939

论轻松

看强大的

河流冲垮两岸时

那种轻松!

地震的慵懒之手

怎样摇撼地面。

可怕的火

优雅地伸向镇上很多房子

不忙不慌地吞噬它们:

一个有教养的食客。

1940

开始的欢乐

啊,开始的欢乐!啊,清晨!
初生的草,当大家都已忘记
绿色是什么样子。啊,等待已久的
那本书的第一页,它带来的惊喜。慢慢地
读它,很快那未读的部分
就会变得太薄。还有汗涔涔的脸上
那第一泼水!干净
凉爽的衬衫。啊,爱情的开始!掠过的目光!
啊,工作的开始!把油倒进
冷机器里。第一次碰触发动机
和它霍然活过来的第一阵嗡嗡声!还有第一口
吸入肺里的烟!还有你
新思想!

1940

关于好人的歌

1

我们通过一个事实认识好人:
当我们认识他们
他们就变得更好。好人
邀请我们去改善他们,因为
一个人如何变得更有智慧?通过
倾听和通过被告知某些事情。

2

然而,与此同时,
他们改善任何看他们的人和任何
他们看的人。不仅因为他们帮助人们
找到工作或看得清楚,而且因为
我们知道这些人活着并且
正在改变世界,知道他们对我们有用。

3

我们可以随时去找他们。
他们记得我们上次见到他们时

他们是什么样子的。
不管他们发生了多大改变——
因为改变的恰恰是他们——
他们至多是变得更容易辨认。

4
他们像一座我们帮助建造的房子，
他们不强迫我们住在那里，
有时候他们不让我们住。
我们可在任何时候以我们最不起眼的方式去找他们，
但是
我们带什么来我们必须选择。

5
他们懂得怎样说明他们送礼物的理由，
如果他们发现它们被扔掉他们会一笑置之。
但在这里他们也是可靠的，因为
除非我们依靠自己
否则他们不能被依靠。

6
当他们犯错误我们大笑：
因为如果他们把石头放错位置

我们看着他们，知道

正确位置在哪里。

他们每天引起我们的兴趣，即使他们

每天为生计奔波的时候。

他们感兴趣的

是他们自己以外的事情。

7

好人使我们忙个不停，

他们似乎无法自己完成任何事情，

他们所有解决办法都包含问题。

在沉船的危险时刻

突然间我们看见他们睁大眼睛望着我们。

虽然他们不完全赞成我们那个样子，

但他们还是同意我们。

1939

影响前一刻

我先说我的对白
然后观众才听到;他们听到的将是
已完成的东西。每一个离开嘴唇的词
都描述一个弧形,然后
袭向观众耳朵。我等待听
它怎样发生作用;我知道
我们不是在感受同一样东西,
也不是在同一个时刻感受。

1938

燃烧而依然完整

太不可思议了,竟不会被
那可爱的火变成冷灰!
姐妹啊,你是我心里的渴望,
燃烧而依然完整。

我见过很多狡猾地冷静下来的暴躁者
被不顾事实吓呆了。
姐妹啊,你使我没白交学费,
燃烧而依然完整。

在战斗中你没有马
让你在被袭击时骑走,
所以我警惕地看着你战斗,
燃烧而依然完整。

1939

座右铭

那是说,就这么多了。还不够。我知道。
至少我还活着,一如你看到的。
我像那个人,他拿出一块砖
证明他的房子曾经多么漂亮。

1939

此刻我住在[1]

此刻我住在利丁厄[2]小岛。
但前不久一个晚上
我做怪梦,梦见我在一座城市里,
且发现它的街道标志
都是德语。我醒来
一身冷汗,看见我窗前那棵冷杉树
暗如黑夜,于是我松了口气,知道
我是在外国。

1940

---

1 组诗《1940》之五。
2 瑞典地名。

小儿子问我[1]

小儿子问我：我该学算术吗？
学来干吗，我很想说。两片面包多于一片
迟早你也会懂。
小儿子问我：我该学法语吗？
学来干吗，我很想说。那个帝国正在沉没。
用手摸一摸肚子，发出两声呻吟
人家就知道你要什么。
小儿子问我：我该学历史吗？
学来干吗，我很想说。学会把你的头钻进土里
也许你就能活命。

是啊，该学算术，我告诉他，
学法语，学历史！

1940

---

[1] 组诗《1940》之六。

逃离我的同胞们[1]

逃离我的同胞们
我已抵达芬兰。我昨天
还不认识的朋友们在干净的房间里
摆了几张床。从收音机里
我听到那个人渣的胜利消息。好奇地
我细看这大陆的地图。在高处的拉普兰[2],
朝向北冰洋
我仍能看见一道小门。

1940

---

1 组诗《1940》之八。
2 指拉普兰人居住的地区,包括挪威、瑞典、芬兰等国的北部。

我们现在是难民[1]

我们现在是难民
在芬兰。

小女儿晚上回来抱怨说小孩们
都不跟她玩。她是德国人,来自
强盗的国度。

当我在跟人家讨论时大声说话
人家要我安静。他们不喜欢
来自强盗的国度的人
大声说话。

当我提醒小女儿
德国人是个强盗的民族
她跟我一样高兴没人爱他们,
于是我们都笑了。

1940

---

1 组诗《芬兰,1940》之一。

这是人们会说起的一年[1]

这是人们会说起的一年,
这是人们说起就沉默的一年。

老人看着年轻人死去。
傻瓜看着聪明人死去。

大地不再生产,它吞噬。
天空不下雨,只下铁。

1940

---

1 组诗《芬兰,1940》之四。

致一台袖珍收音机

你,我在那次旅途上带着的小盒子,
我在从房子到火车、从火车到轮船的逃亡中
都记挂着怎样确保你机件不损坏,
好让我可以在床头听见可憎的

胡话并带给我痛苦,作为临睡前
最后一件事,又在曙光初现时来一次,
追踪他们的胜利和我最大的恐惧:
至少答应我你不会再坏掉!

1940

致丹麦的避难所

松德海峡与那棵梨树之间的房子啊,
很久以前一位难民刻在你上面的
那句"真理是具体的"——
你可知道,有没有逃过轰炸?

1940

烟斗

我仓皇越过边境时把书籍
丢给朋友们,把诗也扔了,
但我带上烟斗,这有违难民的
标准做法:最好什么也不带。

那些书籍对一个焦虑地等待着
看是什么狱卒在逼近他的男人来说不算什么。
他的皮革烟袋和其他配套工具
现在看来对他更有帮助。

1940

芬兰风景

那些鱼群游动的水域！还有可爱的树林！
浆果味和桦树味！
奏着密集和音的风轻轻摇荡空气，
如此柔顺，仿佛从白色农舍滚动出来的
哐啷响的铁乳桶全都敞开着！

所见、所听、所思、所闻使桤木下那难民
头晕目眩，再次把注意力转到
他那件劳累的任务上：继续希望。

他注意到那些玉米堆，看到那些牲畜偏离大路
走向湖边，听到它们强壮的胸里发出的哞叫声
但也明白谁没有牛奶和玉米。
面对那艘运载圆木去锯的驳船，
他问：木腿就是用这个做的吗？
这才发现一个民族在两种语言里沉默。[1]

1940

---

[1] 芬兰人讲芬兰语和瑞典语。据说芬兰人自己也常常说他们自己是一个不懂彼此沟通和不懂与外人沟通的民族。

很早我就学会

很早我就学会迅速地改变一切,
我走过的地面,我呼吸的空气,
我都这样轻松应付,可我仍然看见
别人怎样想随身携带太多东西。
　也轻松地离开你的船,轻松地抛在后面,
　轻松地把你的船抛在后面,当他们要你
　踏上通往内陆的路。

如果你想保留太多东西你就不能快乐,
同样不能,如果你想要太多人不想要的。
聪明些,别试图随心所欲,
而是要学会边走边抓住事物。
　也轻松地离开你的船,轻松地抛在后面,
　轻松地把你的船抛在后面,当他们要你
　踏上通往内陆的路。

1940

为什么你如此讨厌?[1]

践踏自己的同伴
真的很累吗?你太阳穴上暴起
猛烈贪婪的青筋。
轻松地伸出,
一只手以同样的灵活给予和接受。然而
贪婪地抢夺,它就得绷紧。啊,
慷慨为人的诱惑是多么大。能多少感受到友善
是多么令人愉悦呀。一句说溜了嘴的
亲切话,如一声满足的叹息。

1940

---

1 本诗来自戏剧《四川好人》。

别太绝情[1]

稍微放开些,你的力量就倍增。
看那匹拉车大马怎样在一撮青草前停步:
一眨眼间它就拉得更有劲。
在六月显示一点儿耐心,到八月
那棵桃树就果实累累。如果没有耐心
我们怎能一起生活?
短暂的延迟
会把最遥远的目标带到眼前。

1940

---
1 本诗来自戏剧《四川好人》。

到处看不胜看

你看见什么,流浪者?

我看见一片怡人的风景;晴天下一座灰色的山,野草在风中摇曳。一座房子倚着那座山像一个女人倚着一个男人。

你看见什么,流浪者?

我看见一个山脊,很适合在背后架枪。

你看见什么,流浪者?

我看见一座房子倾颓得需要由一座山支撑,这意味着它终日躺在阴影里。我在不同时刻经过它,那烟囱从不像正在煮饭那样冒烟。我看见住在那里的人。

你看见什么,流浪者?

我看见岩地上一片干裂的旷野。每一片草叶孤单地站立着。石头躺在草皮上。一座山投下太多阴影。

你看见什么,流浪者?

我看见石头从野草丛生的土里耸起肩像一个拒绝被打败的巨人。野草硬挺、骄傲地在干裂的地面上直立起来。还有一个冷漠的天空。

你看见什么,流浪者?

我看见地里有一个褶皱。几千年前这里的地球表面上一定发生过大剧变。花岗岩裸露着。

你看见什么,流浪者?

没有凳子可坐。我累了。

1941

美国时期
(*1941—1947*)

关于难民瓦尔特·本雅明自杀

我听说你举起手对准自己,
在知道那屠夫快来的时候。
经过八年的流亡,眼看着敌人壮大,
然后终于面对一个通不过去的关卡,
你通过了,他们说,一个通得过的人。

帝国纷纷崩溃。帮会头子们
像政治家那样昂首阔步。在这些军械下
再也看不见各民族。

因此,未来在黑暗中而正义力量
奄奄一息。这一切你都清清楚楚
当你毁掉一个可拷打的身体。

1941

流亡风景

但就连我,在最后的船上
也在索具中看见黎明的悦色
和海豚暗灰的身体
从日本海里浮现。

在注定遭殃的马尼拉的小巷
镶着装饰物的小马车
和老妇人的粉色袖子,
流亡者也快乐地看在眼里。

洛杉矶的石油井架和干渴的花园
和加州黄昏时分的峡谷和水果市场
都叫这不幸消息的通报者感动。

1941

纪念我的合作者玛格丽特·斯蒂芬[1]

为了纪念我的小老师,
纪念她的眼睛,纪念她发怒的蓝光,
和纪念她那件带深帽和深下摆的
旧粗呢外衣,我把夜空里的
猎户星座命名为斯蒂芬星座。
当我一边抬头观察它,一边摇头,
偶尔我会听见一声微弱的咳嗽。

1941

---

1 本诗为《在我的合作者玛格丽特·斯蒂芬逝世之后》之四。

想到地狱

想到地狱,我的兄弟雪莱
好像说过它是一个
酷似伦敦的地方。我
这个住在洛杉矶而不是伦敦的人
想到地狱的时候,就觉得
它一定更像洛杉矶。

在地狱里,
我敢肯定,一定也有这些繁茂的花园,
花大如树,当然如果不用非常昂贵的水浇灌
就会毫不犹豫地凋谢。还有水果市场,
堆着大量的水果,尽管
既没味道也不可口。还有无穷尽的汽车队伍
比它们自己的影子还轻,比疯狂的思想
还快,闪闪烁烁的汽车,汽车里
看上去快活的人不知从哪里来,也不知要到哪里去。
还有一幢幢房子,为富人建造的,因而总是空荡荡
即便有人住。

地狱里的房子，也不全都是丑陋的。
但是，别墅住户害怕被撵到街上去的
压力，一点也不少于
那些棚屋区居民。

1941

鉴于本城的环境

鉴于本城的环境
我是这样做的:

当我进来,我报上姓名,出示
被印章证明不可能是假的
文件。
当我说任何话,我援引那些其信誉我可以证明的人的
证词。
当我没说什么,我让我的脸
露出空白的表情,以说明
我不是在思想。
就这样
我不让任何人相信我。所有形式的信任
我都拒绝。

我这样做是因为我知道:本城的环境
使相信变得不可能。

即使如此,有时候碰巧——

我可能是出神或入神——
我会被冷不防问到
我是不是骗子，是不是在撒谎，是不是
有什么隐瞒着。
而我
越来越不知所措，瞎扯一番，而忘了提及
所有那些说我好话的人：相反，
我为自己感到羞耻。

1941?

沼泽[1]

我看见很多朋友，包括我最爱的那位朋友，
无助地沉入我每天经过的
沼泽里。

而下沉并非发生在
一个早晨之间。常常是历时
数周；也因此更可怕。
还有关于我们一起长时间
谈论那片已经吞没很多人的
沼泽的回忆。

无助地，我望着他，向后仰着
爬满水蛭，
在那微微发光
轻柔移动的黏泥里：
下沉的脸上露出
令人心寒的
幸福微笑。

1942?

---
1 此诗原文遗失，只剩英译。

关于给花园喷洒

啊,给花园喷洒,使草地充满活力!
给干渴的树浇水。给它们不止足够
而且别忘了灌木
即使是那些没有浆果的,那些精疲力竭
挤不出什么的。还有别忽略
生长在鲜花之间的杂草,它们也
干渴。也别仅仅浇那些
嫩草或只浇那些枯草。
就连赤裸的土壤也要焕然一新。

1942

边读报纸边泡茶

凌晨时分我读报,读到教皇和君主,
银行家和石油大亨一个个划时代方案。
我另一只眼睛看着
水壶里我要泡茶的水
吐出弥漫的雾气,冒泡,然后又明朗了,
然后溢出水壶将火熄灭。

1942

黑暗的时代如今继续着

黑暗的时代如今继续着,
在另一个城镇;
然而步伐依然是轻松的,
眉头没蹙。

僵硬的人类,冷漠
如长期在冰里的鱼类,
然而那颗心依然快速回答,
那张脸在微笑中融化。

1943

加州秋天

I
我花园里
就只有常青树。如果我想看秋天
我会驾车去朋友在山中的乡村别墅。那里
我可以站立五分钟看一棵树
脱落叶子,叶子脱落树干。

II
秋天里我看见一片很大的叶子,被风
沿着道路驱赶,我想:可真难
揣摩这片叶子未来的去向。

1941

烟之歌[1]

我曾经相信才智会协助我——
年轻时我是一个乐观主义者。
现在我老了,我知道它没有给我回报:
才智如何能够与饥饿竞争?
　所以我说:扔掉它!
　就像吹散那
　只会把灰色
　搓得更冷的烟。

我看见有良心的人走投无路,
所以我转而选择弯曲小径,
但弯曲使我们这类人更慢抵达那里。
似乎没有前途,不能再进一步。
　我照样说:扔掉它!
　就像吹散那
　只会把灰色
　搓得更冷的烟。

1　本诗来自戏剧《四川好人》。

他们说老人在希望中找不到什么乐趣。
他们需要的是时间，而时间开始紧迫。
但他们说大门正对年轻人开着。
它们开向，他们说，虚无。
 而我说：扔掉它！
 就像吹散那
 只会把灰色
 搓得更冷的烟。

1941

恶魔的面具

我墙上挂着一件日本雕刻,
是一个恶魔的面具,涂着金漆。
我同情地观察
他额头青筋暴现,表明
作恶的压力是多么大。

1942

被七个国家逼走

被七个国家逼走,
看到各种老套蠢行的表演:
而我赞赏那些人,他们变形
但并没有把自己变畸形。

1942

民主法官

在洛杉矶,一个意大利餐馆老板
来到那位负责审查想成为美国公民的
申请者的法官面前。只是,他认真的准备
受到他对新语言一无所知的妨碍。
他在测试中用颤抖的声音回答
"什么是第八修正案?"这个问题:
1492。由于法律要求申请者懂英语,
所以他被拒绝了。他进一步学习
但依然受到他对新语言一无所知的妨碍,
三个月后他又回来,这一次
法官提出的问题是:在内战中
打胜仗的将军是谁?他回答:
1492(很亲切很大声地)。他又被拒绝,
于是第三次回来,他对第三个问题
"我们的民选总统一个任期多久?"的回答
依然是:1492。终于
这位蛮喜欢他的法官,明白到他无法学会
新语言,于是问他如何谋生,他回答:辛苦工作。因此
他第四次接受测试时法官问他:

"美洲是什么时候发现的?"于是凭着他有力的正确答案1492,他获得公民身份。

1942

新时代

一个新时代并非突然开始。
我祖父已经活在新时代了,
我孙儿可能将依然活在旧时代。

新肉是用旧刀叉吃的。

不是首批汽车,
也不是坦克,
不是我们屋顶上空的飞机,
也不是轰炸机。

从新发射台传来旧愚蠢。
智慧是口传口的。

1942

天使说话[1]

很快,当征服者占领你们的城市
他一定会感到孤立无援。
你们谁也不许让他进来:
他不会作为客人来,所以要把他当作害虫对待。
不可以给他腾出任何地方,准备任何食物,
每一件家具都必须消失。
凡是不能烧毁的,就必须藏起来,
按命令把所有牛奶倒掉,把每一块面包屑埋掉,
直到他尖叫:救救我!直到大家都知道他是:魔鬼。
直到他吃:灰。直到他住:瓦砾堆。
一定不可以对他仁慈,给他任何协助,
并且你们的城市必须成为记忆,让它从地图上消失。
让每一个前景都空白,每一条痕迹都光秃和荒芜,
不留下任何隐蔽所的残余,只有尘土和阴沟。
现在出发去破坏吧!

1942

---

[1] 本诗来自戏剧《西蒙娜·马沙尔的幻象》。

西蒙娜之歌[1]

当我去圣纳泽尔
我忘了穿长裤。
我立即听见一声呼喊:
你的长裤哪里去了?
我回答:在圣纳泽尔
天空永远那么蓝,
小麦跟我一样高
而天空永远那么蓝。

1942

---

1 本诗来自戏剧《西蒙娜·马沙尔的幻象》。

钓具

在我房间里,在粉刷的墙上
挂着一根系着绳的短竹竿,
连同一个用来把渔网从水里
拖上来的铁钩。竹竿
买自市中心一家二手店。是儿子
送给我的生日礼物。已残旧了。
在海水里铁钩的锈已蚀掉了镶边。
用过和劳作的痕迹
使这根竹竿获得巨大的尊严。我
喜欢想象这渔具
是那些日本渔民留下的,
他们如今被当作可疑的外国人
从西海岸赶进拘留营;想象它落入我手中
是为了使我不至于忘记
如此多未解决但并非不能解决的
人类的问题。

1943

报纸[1]

在冲刷大厦周边的
黄褐色人流中,漂浮着
一张张报纸,它们
绕着纪念碑旋转
然后爬上办公楼。

---

1 组诗《都市风景》之六。

柔风之歌[1]

来这里,我最亲爱的,快点儿,
我不可能找到更亲爱的了,
但当你的手臂环绕我腰身
请一定要慢些儿。
 要学习秋天的李子
 那满树金黄。
 它们畏惧旋风可怕的力量
 而渴望那柔风。
 你几乎感觉不到那柔风,
 它就像低吟的催眠曲,
 使李子从树上掉落
 躺在那地面上。

啊,收割者,别把所有青草割走,
留下一叶让它生长。
别把满杯的葡萄酒喝干,
别在你离开时吻我。

---

[1] 本诗来自戏剧《第二次世界大战的帅克》。

要学习秋天的李子

那满树金黄。

它们畏惧旋风可怕的力量

而渴望那柔风。

你几乎感觉不到那柔风,

它就像低吟的催眠曲,

使李子从树上掉落

躺在那地面上。

1943

回家

我出生的城市,我该怎样找到它?
跟着大群大群轰炸机
我回家。
嗯,它在哪里?在那一柱柱烟
屹立如一座座大山的地方。
焰光中那东西
就是它。

我出生的城市,它将怎样接待我?
轰炸机赶在我之前抵达。致命的机群
宣告我快到了。毁灭之火
先你儿子到达。

1944

我,幸存者

我当然知道:这么多朋友死去
而我幸存下来纯属运气。但昨夜在梦中
我听见那些朋友说到我:"适者生存。"
于是我恨自己。

1944

喜剧家卓别林的一部电影

在一个秋雨的晚上一个年轻画家
走进圣米歇尔大道一家小酒馆,
喝了三四杯苦艾酒,并以
他跟一个前情妇激动的重逢来闷坏
那些台球游戏者,她是一个娇贵小人儿,
如今是一个富裕的屠户的妻子。
"快,先生们,"他急着说,"快把你们桌子上
那根粉笔拿给我。"然后跪在地板上,
用一只颤抖的手努力想画她的肖像,
她,往日的至爱。他绝望地
擦掉他刚画好了的,重新开始,
然后又停下来,加上其他特征
并喃喃自语:"昨天她还那样真切。"
顾客们把他骂一顿,从他身上踩过去,愤怒的店主
抓起他的领子,将他撵出门外,但他
一边摇头,一边不倦地用粉笔在人行道上
追逐她消逝的面貌。

1944

劳顿的肚子

他们所有人挺着肚子到处走的滑稽样
会让你想起某个人捧着一袋心爱的财宝,
但伟大劳顿表演他的肚子就如同一首诗,
陶冶自己性情又不会让任何人不舒服。
是这样的:既非出人意表,也非寻常,
用他闲时为了消遣
而挑选的食物打造起来。
而且按照一个出色的计划,卓越地完成。

1944

进行中的花园

高悬在太平洋岸边,耸立着
那位演员的花园,下面是
波涛轻柔的雷鸣声和油轮的轰隆声。

巨大的尤加利树遮蔽了白房子,
它是前使馆落满尘埃的遗物。
没有别的东西令人想起它,也许除了那个
放置在喷泉边的印第安花岗岩蛇头,
仿佛正耐心地等待
众多文明的崩塌。

还有一座墨西哥凝灰岩雕像
放置在木头基座上,描绘一个眼里露出凶光的儿童,
竖立在工具房的砖墙边。

中国式设计的雅致灰色凳,面朝
工具房。当你坐在上面谈话,
你可以轻易地回头瞥见
那道柠檬树篱。

不同部分憩息或悬浮

在一种神秘平衡中，然而

都躲不过那瞥惬意的目光，无所不在的园丁

那大师之手也不会允许任何一个单元

出现完全的划一：因此在倒挂金钟中间

可能会有一株仙人掌。四季也

不断地布置景观：<u>丛丛簇簇</u>先在这里

接着在那里繁花盛开然后凋谢。用一生时间

来构思这一切也嫌太少。但是

如同花园随着计划扩大，

计划也随着花园扩大。

帝王般的草地上强大的橡树

简直是想象力的产物。每年

花园的主人会拿来一把锋利的锯子

把枝桠重新塑造一番。

然而篱笆外没人修整的野草围着

那大片野玫瑰的纠结疯长。百日菊和明亮的银莲花

垂悬在斜坡上。羊齿草和芳香的金雀花

围着劈好的木柴蔓延。

在角落里，在墙边

那片冷杉树下你碰见倒挂金钟。如同移民，

可爱的灌木丛站在那里，不在乎自己的原籍，

以众多大胆的红使自己也大吃一惊，

它们更怒放的花包围由本土矮夏腊梅构成的

强壮而纤细的灌木丛。

还有一个花园中的花园

在一棵苏格兰冷杉树下，因此是在

十英尺宽十二英尺长的阴影里，

大如一个公园，

连带一些苔藓和仙客来

和两片山茶花丛。

花园的主人并非只是移来

自己的植物和树木，还有

邻居的植物和树木；谈到这事时

他微笑着承认：我到处偷。

（但他用自己的植物和树木

遮掩那些脏物。）

到处都点缀着

小灌木丛，像一夜的思绪；

无论你往哪里走,如果你望一望
你都能找到其中隐藏着活生生的规划。

通往那座房子的,是一条静修院似的小道,
长满木槿,它们如此贴近,当你散步
你得把它们拨开,从而全面
释放它们的花香。

在房子边那条静修院似的小道上,在那盏灯附近,
长着一棵亚利桑那仙人掌,人一样高,每年
只开一夜花,今年刚好在
演习的战舰雷霆般的炮声中开花,
白花大如拳头,精美如
一个中国演员。

可惜呀,这可爱的花园,耸立在海岸高处,
建造在摇摇欲坠的岩石上。毫无警告地,山崩
把一整段一整段拖入深处。看来
已没多少时间可以完成它。

1944

出于对宽长裙的偏爱[1]

你那件宽大的农妇裙最适中,
虽然我狡猾地强调那长度:
把它从你身上完全掀起,
露出撩人的大腿和屁股。
然后当你把两腿蜷曲在我们的沙发上,
让它拱起来,这样,当我们在烟雾中
深谈,你那隐藏在裙影里的肉体
就可以提示我们夜还未尽。

并非只是低级和好色的淫念
使我想要这么一件宽大的裙子:
你可爱的摆动使我想起科尔喀斯,
当那天美狄亚漫步走向大海——
不过这些都不是我要你穿这么一件
裙子的理由。低级理由对我已足够。

1944

---

[1] 此诗显然是对布莱希特的妻子海伦妮·魏格尔说的。

听闻一个强大的政治家生病了

如果这个不可或缺的人皱眉

两个帝国就会地震。

如果这个不可或缺的人死了

世界就会慌张,像一个没奶给孩子吃的母亲。

如果这个不可或缺的人在死后一周回来

在全国他将找不到一份搬行李的工作。

1944

一切都在改变

一切都在改变。你可以
用你最后一口呼吸重新开始。
但发生过的事情已经发生。
你倒入酒里的水
不能再抽出来。

发生过的事情已经发生。
你曾经倒入酒里的水
不能再抽出来,但是
一切都在改变。你可以
用你最后一口呼吸重新开始。

1944

穷人的运气[1]

他们说：穷人需要运气，
他们脑瓜不好使，去不到哪里。
他们用双手劳动不会长胖。
因此，据说
上帝为他们发明了机遇的游戏，
还有赛狗。同样地，上帝
在不懈地照顾他那些穷人时
保证税务稽查员有时候会看漏。
因为穷人需要运气。

1944

---

1 本诗来自戏剧《高加索灰阑记》。

现在也分享我们的胜利

你分担我们的失败,现在
也分享我们的胜利。
你多少次警告我们走错路,
我们走它们,你
和我们一起走。

1945

骄傲

当那个美国士兵对我说
可以用香烟买营养充足的
德国中产阶级姑娘,用巧克力
买下层中产阶级姑娘,
却不能买饥饿的俄国苦役时
我感到骄傲。

1945

战争被败坏了名声

有人告诉我最有见识的人已开始在说
从道德角度讲第二次世界大战水平
怎样不如第一次。据说国防军
对党卫军灭绝某些民族的方法
感到痛心疾首。据说鲁尔工业家们
对大肆搜捕苦役来填满他们的
煤矿和工厂感到遗憾。我又听说知识分子
谴责工业界对苦役的大量需求
和对他们的不公平待遇。就连主教们
也不赞成这种发动战争的方式;总之
到处都弥漫这样一个看法,认为纳粹给祖国
带来可悲的厄运,认为尽管战争
本身是自然和必要的,但由于
在这场战争中行使这种不适当地
不受约束和确实不人道的方式,其名声
会在未来一段时间里被败坏。

1945

可爱的餐叉

那把有角制柄的餐叉折断了,
使我想到它的深处
肯定一直都是有缺陷的。我费劲地
召唤我的记忆,回想
我对它的毫无缺陷的享受。

1945

曾经

这冷曾经对我显得很奇妙,
这新鲜把生命擦入我皮肤,
这苦尝起来很美,而我感到
吃不吃饭都可以随我高兴
假如黑暗邀请我进去。

我从冷水井里汲取力量,
虚无则给了我这无垠的空间。
让人惊叹的是当难得的耀眼闪光
划过自然的黑暗。稍纵即逝?没错。
但我,老练的敌人,永远更快。

1945

马雅可夫斯基的墓志铭

我避过鲨鱼,
杀过老虎,
吃掉我的
是臭虫。

1946

给演员查尔斯·劳顿的信,关于《伽利略传》一剧的工作

你的同胞和我的同胞还在把彼此撕成碎片的时候
我们对着破烂的练习簿认真钻研,在词典里
找词,一次又一次
划掉文本,然后
在划掉的文本下挖掘
原文的措辞用语。一点一点——
当我们各自首都的房子正面纷纷倒塌——
语言的表面也纷纷剥落。在我们之间
我们开始紧跟人物和动作的要求:
新文本。

一次又一次我变成演员,示范
一个人物的姿势和声调,而你
变成剧作家。然而我和你都没有
踏出各自的专业半步。

1947

美国版《伽利略传》序曲

百老汇尊敬的观众——

今天我们邀请你们登上

我们这个曲线和测量的世界,你们将一窥

新生物理学的婴儿期。

你们将看到伟大的伽利略·伽利莱的一生。

落体定律与依赖神恩对抗,

科学与统治者对抗,在现代初期

已开始上演。

你们将看到处于青春勃发期的科学,

还有它怎样开始出卖真理。

迄今,善还未变成善果,

但已到处有龌龊的东西

阻止真理抵达大多数人,

并且没有减轻而是加重贫困。

我们认为这类情景今天仍有意义,

现代转眼就会过去,

我们希望你们竖起仁慈的耳朵,

听我们说些什么,不然的话我们担心

如果你们不从伽利略的经验吸取教训

原子弹就会亲自现身说法。

1947

后期诗
(*1947—1956*)

安提戈涅

从黑暗中出来,走在
我们前面一会儿吧,
友善的人,迈着绝对肯定的
轻松步伐,成为恐怖
施加者眼中的恐怖。

你把脸别过去。我知道
你是多么害怕死亡,然而
你更害怕
活得没有尊严。

而你不会让那强大者
把它夺走,你也不会
与扰乱者妥协,或把
羞辱忘记。在他们的残暴上
不会长出一根草。

1948

朋友

战争把我,剧作家
和我的朋友,舞台设计师,分开了。
我们共事的那些城市已不存在了。
当我走路穿过那些还存在的城市
有时我会说:那件洗好的蓝色衣服
换作是我朋友来晾,会摆得好些。

1948

给海伦妮·魏格尔

现在就以你轻松的步履走上
我们被摧毁的城市的旧舞台,
充满耐性,同时无情地
指出什么是对的。

什么是愚蠢的,用智慧,
什么是仇恨,用友善,
在房屋倒塌的地方
指出规划有什么错。

但对那些不可教的,那就
在你那张好看的脸上
展露一线希望。

1949

一座新房子

流亡十五年后回到我的国家,
我搬进了一座好房子。
在这里,我挂起我的能剧面具和卷轴画《怀疑者》。
每天,当我开车经过废墟,我总想到
我拥有这座房子的殊荣。我希望
它不会使我容忍成千上万人挤在
狭窄住所里。即使是现在
存放我手稿的柜顶上
也仍搁着我的行李箱。

1949

给我的同胞们

你们,已死去的城市里幸存下来的人,
现在终于对自己拿出一点仁慈吧。
可怜人,别像以前那样齐步走向战争,
仿佛过去的战争还不能满足你们。
我恳求你们——终于对自己仁慈。

你们男子汉,去拿铲子而不是刀子。
你们今天原可以安稳地坐在屋子里,
并且在屋子里过上更好的生活,
要是你们从前不是用刀子来开路。
我恳求你们——拿铲子而不是刀子。

你们孩子,为了不再有另一场战争
你们必须大胆直率地告诉你们父母。
你们不想再生活在废墟里,
也不想再经历他们忍受的事情。
你们孩子,为了不再有另一场战争。

你们母亲,由于是你们发话

支持还是不支持一场战争，
我恳求你们，选择让你们孩子活下去。
让他们为生，不是为死，而感谢你们。
你们母亲，选择让你们孩子活下去。

1949

某某讣闻

谈起天气,
真感谢他死了:
他在开口之前
就已把话收回去。

1950

给予的快乐

这肯定是生命中最大的快乐,
能够给予那些命运坎坷的人,
以愉快的双手,冲动地
散发珍贵的礼物。

有什么玫瑰比被我们
赠予的人那张脸美丽?
看他那双手,啊,最高的幸福,
捧满我们的善举。

没有什么可以获得像帮助每一个人
那样洋溢的快乐。
我拥有的东西我不能珍惜
如果不能传给一个心灵。

1950

当它是一个概念

当它是一个概念
当它还模糊不清
它被称赞。
当它突然变大
当计划启动
反对声便升起。

1950

论艺术的严肃

银器饰品制作者的严肃
在戏剧艺术中也同样受欢迎，同样受欢迎的
是人们关起门来讨论一本
宣传小册子的严肃。但医生俯视病人的严肃已不能
与戏剧艺术兼容，而它绝对禁止
牧师的严肃，不管他是文静还是热情。

1950—1951

大师懂得买便宜货

伟大的内尔那些装置和戏服
都是用廉价材料做的,
他用木材、破布和颜料
来制作那座巴斯克渔民小屋
和堂皇的罗马。

我那位女性朋友也会用一个
她在鱼市场不需要任何代价获得
而如果她愿意又可以像鱼鳞那样撒下的
微笑,做一件足以
贿赂老子[1]的事情。

1950

---

1 指中国哲学家老子。

情歌之二

一个深情的女人之歌

当你令我欢喜,
有时候我便会想:
如果我现在就死去
那我就会终生
都很幸福。

这样当你老了
想起我,我还会是
现在这个样子,
那你就有了一个
依然年轻的情人。

1950

情歌之四

我最亲爱的人给我一条树枝
树枝上的叶子是褐色的。

已经快到年底了,
而我们的爱才刚刚开始。

1950

很早便跌入虚空

很早便跌入虚空,再从
虚空里出来,我又充实了。
当我逗留在虚无里,
我又知道该做什么。

当我爱,或当我感觉,
无非是又一次消耗。
但我纵身跳入寒冷,
然后又热了起来。

1950

关于一座中国狮雕

坏人害怕你的利爪。
好人欣赏你的优雅。
我倒愿意
听人家这样说起
我的诗。

1951

十月风暴的声音

芦苇边小屋周围
十月风暴的声音
简直像我自己的。
舒服地
我躺在床上倾听
湖面上空和城市上空
我的声音。

1952

座右铭

要是风起了
我会扬帆，
要是没有帆
我会用帆布和木条做一个。

1953

换轮胎

我坐在路旁,
司机正在换轮胎。
我不喜欢我来的地方。
我不喜欢我要去的地方。
为什么我不耐烦地
望着他换轮胎?

1953

花园

在湖边,在冷杉树和银杨树的深处,
在墙和篱笆的遮挡下,一座花园
如此精心地布置着每月盛开的花,
使得它从三月到十月都繁花怒放。

在这里,在早上,不太经常地,我坐下
希望我也永远可以
在所有气候里,不管是好是坏
都展示愉快的一面。

1953

解决

六月十七日起义之后
作家联盟秘书
让人在斯大林街派传单
宣称人民已使政府失去信心
因此必须加倍努力
才可以挽回这信心。那
倒不如更干脆些,
让政府解散人民,
再重新选一个。

1953

难受的早晨

那株银白杨,本地著名的美人,
今天是一个丑老太婆。那个湖
是一口洗碗水的臭坑,别碰!
金鱼藻中那些倒挂金钟廉价又俗艳。
为什么?
昨晚在梦中我看见一些手指指着我,
像指着一个麻风病人。指节受劳受损,
破碎。

你们不了解!我尖叫,
良心受谴责。

1953

大热天

大热天。我坐在避暑屋里,
膝上摆着文具盒。一艘绿船
穿过垂柳出现。船尾站着一个
厚实的修女,穿着厚实的衣服。她面前
一个穿游泳衣的老人,可能是神父。
划桨的,是个小孩,用尽他的
吃奶力。跟旧时一样,我想
跟旧时一样。

1953

烟

湖边树林中的小屋。
烟从屋顶升起。
没有它
那屋、那树、那湖
会多么可怕。

1953

铁

昨晚我在梦中
看见一场大风暴。
它抓住脚手架,
把十字夹,那些
铁十字夹扯下来。
但那些木制的
在原位摇晃。

1953

冷杉

在凌晨时分
冷杉树是铜色的。
这就是我看到的,
在半个世纪前,
在两场世界大战前,
用年轻的眼睛。

1953

灌木丛中的独臂男人

他大汗淋漓地弯腰
捡柴枝。他以不断摇头
来赶走蚊子。在他双膝间
他费力地扎起一捆捆柴枝。他
"哟"的一声直起身子,抬起手去感觉
是不是在下雨。做举手礼的
令人生畏的党卫军。

1953

八年前

曾经有那么一个时候

这里一切完全不同。

屠夫的妻子知道。

现在邮递员也挺起了某种步态。

以前那个电工呢?

1953

边划,边谈

黄昏。两条独木舟
从眼前滑过,舟里两个青年
赤身裸体:他们并排划桨,
谈着话。他们谈着话,
并排划桨。

1953

读贺拉斯

就连洪水
也不永远持续。
黑水也有
退潮的时候。
没错,但持续久些的
是多么地少!

1953

声响

后来,在秋天
那些银白杨栖息着大群大群白嘴鸦,
但整个漫长的夏天,当这一带
都没有鸟的时候我只听到
人类起源的声响。
我不反对。

1953

今年夏天的天空

在湖面上的高空中一架轰炸机飞着。
划艇里的孩子、女人和一个老人
抬头仰望。从远处看
他们像小椋鸟,张开口
要食物。

1953

泥刀

梦中,我站在一个建筑工地上。我是
一个泥水匠。我手里
攥着一把泥刀。但当我弯身
要搅泥浆,一声枪响
打掉我泥刀
一半铁。

1953

缪斯们

当那个铁腕男人打她们,
缪斯们便唱得更大声。
眼睛黑肿,她们
母狗似地崇拜他。
她们屁股痛苦地扭动。
她们大腿流淌着淫欲。

1953

读一位已故希腊诗人[1]

在他们的沦陷已成定局的时候——
城墙上对死者的哀悼已开始——
那些特洛伊人一点点调整[2],一点点,
在那三重的木闸门里,一点点。
并开始鼓起勇气,开始希望。

特洛伊人也这样,在那时。

1953

---

1 已故诗人指卡瓦菲斯。提及的诗,是卡瓦菲斯的《特洛伊人》,尤其是该诗第一节。
2 所谓"一点点调整",实际上是卡瓦菲斯诗集的德语译者的误译。

只有稍纵即逝的一瞥

"只有稍纵即逝的一瞥
才能注意到她,
所以我成了她丈夫
纯粹是偶然。"

  "我只是随便地
  进入他生命,
  所以无意中
  成了他妻子。"

两个人让时间流逝
直到它用光,
穿上我们的外衣
拥抱,离去。

1954

那枝小玫瑰,啊,该怎么定价?

那枝小玫瑰,啊,该怎么定价?
突然如此深红年轻近在眼前?
哦,我们从不知道它存在,
然后我们来了,看见它在那里。

没有料到,直到我们来了并看见它,
映入眼帘竟难以置信,
打中靶心,尽管没瞄准:
世事不也总是如此?

1954

乐趣

早晨望出窗外的第一眼
失而复得的旧书
热情的面孔
雪,季节的变化
报纸
狗
辩证法
淋浴,游泳
老音乐
舒适的鞋子
接受事物
新音乐
写作,种植
旅行
唱歌
对人友善。

1954

高兴地吃肉

高兴地吃肉，多汁、大块，
配上新出炉的鲜味黑面包
和厚奶酪块，用大杯子
喝冻啤酒：这样的吃法
被人瞧不起，但对我来说，进坟墓
而没有享受过大口大口的好肉
是非人的，而这席话是出自
一个绝不讲究吃的人之口。

1954

废弃的温室

疲倦于给果树浇水
最近我几步穿过那道敞开的门,进入小温室。
在破烂的遮帘的阴影下
躺着那些珍贵花种的残余。

用木、布和铁丝网做的装置
依然立着,细绳依然维系着
苍白枯萎的叶柄保持直立。

昔日的照料
依然可见,受到多少微妙的触摸。在整面帐篷顶上
摇曳着常绿树的阴影,这些常绿树
靠雨水生长,不需要艺术。
总是这样,那些可爱和敏感的
都已不复存在。

1954

艰难时代

站在书桌前

透过窗口我看见花园里那棵接骨木树

并辨认出树里有点红,有点黑,

立即就想起了我童年

在奥格斯堡那棵接骨木树。

有几分钟我很认真地

盘算着要不要走到饭桌

拿起我的眼镜,以便再次看清

那些挂在小红梗上的黑浆果。

1955

事物变化

1.
我时而老了,时而年轻
黎明时老了,夜来时年轻,
是一个回忆各种失望的小孩
和一个忘记自己名字的老人。

2.
年轻时悲伤
后来悲伤
我何时会快乐?
最好早些。

1955

当我在沙里特[1]，在我的病房里

当我在沙里特，在我的病房里
一大早醒来
听见黑鸟在歌唱，我更能
理解了。已经有一段时间
我对死亡的恐惧全部消失了。因为
如果我自己什么也不是，我也就不会
有什么事。现在
我也能够欣赏
我身后[2]每一只黑鸟的歌声。

1956

---

[1] 沙里特是东柏林主要的医院，就在布莱希特的剧院附近。布莱希特曾于1956年入住该医院。可能是误读手稿的缘故，"病房（医院房间）"曾一度被解读成"白色房间"。
[2] "身后"指作者离开人间之后。

我总是想

我总是想:最简单的话
已足够。当我说出事情是什么样子的
大家的心一定会被撕成碎片。
如果你不挺身捍卫自己你就会倒下去
这你肯定明白。

1956

图书在版编目（CIP）数据

致后代：布莱希特诗选/（德）贝托尔特·布莱希特著；黄灿然译. — 北京：北京联合出版公司，2022.4
ISBN 978-7-5596-5509-7

Ⅰ.①致… Ⅱ.①贝…②黄… Ⅲ.①诗集—德国—现代 Ⅳ.①I516.25

中国版本图书馆 CIP 数据核字 (2021) 第 173820 号

致后代：布莱希特诗选

作　　者：[德] 贝托尔特·布莱希特
译　　者：黄灿然
策划机构：雅众文化
策　划　人：方雨辰
出　品　人：赵红仕
特约编辑：陈雅君
责任编辑：孙志文
装帧设计：孙晓曦　pay2play.design

北京联合出版公司出版
（北京市西城区德外大街 83 号楼 9 层　100088）
北京联合天畅文化传播公司发行
山东临沂新华印刷物流集团有限责任公司印刷　新华书店经销
字数 167 千字　860 毫米 × 1092 毫米　1/32　13 印张
2022 年 4 月第 1 版　2022 年 4 月第 1 次印刷
ISBN 978-7-5596-5509-7
定价：75.00 元

版权所有，侵权必究
未经许可，不得以任何方式复制或抄袭本书部分或全部内容
本书若有质量问题，请与本公司图书销售中心联系调换。
电话：64258472-800